# MÁS ALLÁ DE LA VENGANZA

## LYNNE GRAHAM

Editado por Harlequin Ibérica.
Una división de HarperCollins Ibérica, S.A.
Núñez de Balboa, 56
28001 Madrid

I.S.B.N.: 978-84-687-8448-9
Depósito legal: M-23163-2016
Impresión en CPI (Barcelona)
Fecha impresion para Argentina: 6.3.17
Distribuidor exclusivo para España: LOGISTA
Distribuidores para México: CODIPLYRSA y Despacho Flores
Distribuidores para Argentina: Interior, DGP, S.A. Alvarado 2118.
Cap. Fed./Buenos Aires y Gran Buenos Aires, VACCARO HNOS.

# Capítulo 1

NIKOLAI Drakos miró la foto con el ceño fruncido y la amplió. No podía ser la misma mujer; sencillamente, no era posible que su presa, Cyrus Makris, planeara casarse con una mujer de origen humilde.

Divertido, alzó su arrogante cabeza de cabello moreno y estudió una vez más la foto de aquella etérea pelirroja. Imposible que fuera la misma mujer seductora que había conocido una vez trabajando de guardacoches. El mundo no era un pañuelo tan pequeño. Aun así, era consciente de que Cyrus poseía una casa de campo en Norfolk. Arrugó más el ceño, pensativo.

A pesar de su diminuta estatura, la mujer a la que había conocido tenía una personalidad fuerte, muy, muy fuerte, lo cual no era un atributo que él buscara en las bellezas transitorias que compartían su cama. Pero también tenía unos ojos de color verdemar y una boca suave, sedosa, y rosa como un capullo de loto. Una combinación explosiva, que le había costado mucho olvidar.

Después de que ella lo rechazara, otro hombre quizá habría vuelto a intentarlo, pero Nikolai se había negado a hacerlo. Él no perseguía a las mujeres, no intentaba conquistarlas con halagos ni flores. Se alejaba. El mantra que regía su vida insistía en que ninguna mujer era irreemplazable; no había mujeres únicas y él no creía en el amor. Simplemente, ella había capturado su imaginación durante unos momentos, pero él no había permitido que la lujuria lo impulsara a perseguirla. ¿Desde cuándo tenía que perseguir a una mujer?

Y aunque era de sobra conocido que el anciano padre de Cyrus presionaba a su hijo y heredero de cuarenta y cinco años para que se casara, resultaba impensable que Cyrus pudiera estar planeando casarse con la pelirroja guerrera que había arañado la pintura del adorado McLaren Spider de Nikolai. Además, a Cyrus solo le excitaba la carne femenina pura e intacta, como la hermana de Nikolai había aprendido a su costa. Y era imposible que la pequeña pelirroja siguiera siendo pura e intacta.

Nikolai se enderezó y miró la carpeta que estaba examinando. El investigador con el que trabajaba era un consumado profesional y el informe sería concienzudo. Observó de nuevo las fotos. Estaba dispuesto a admitir que el parecido entre las dos mujeres era espectacular.

Empezó a leer con curiosidad sobre Prunella Palmer, de veintitrés años, antigua estudiante de veterinaria que había estado prometida con Paul, el difunto sobrino de Cyrus. Una conexión que no habría previsto, pues Cyrus no se relacionaba mucho con los parientes.

Siguió leyendo, ansioso por conocer los detalles. Hacía un año que Paul había muerto de leucemia y dos que el padre de Prunella, George Palmer, un hombre ahogado por las deudas, había sufrido un infarto. Le sorprendía que el rico, pero tacaño, Cyrus no hubiera ayudado a la familia de Prunella, pero quizá se había reservado esa posibilidad para cuando le resultase más conveniente.

Nikolai, por su parte, se dio cuenta al instante de que aquel era el momento óptimo para intervenir. Llamó a su equipo de ayudantes personales y dio instrucciones mientras intentaba descubrir por qué Prunella Palmer podría convertirse en la esposa de Cyrus.

¿Qué tenía de especial esa chica? Como prometida de su sobrino habría sido intocable... y lo inalcanzable era una tentación poderosa para un hombre que disfrutaba violando las reglas.

En esos momentos estaba sola y sin protección y Cyrus parecía estar a la espera, tal vez jugando al gato y el ratón. Sin embargo, era igualmente posible que Prunella quisiera casarse con él porque, aunque era lo bastante mayor como para ser su padre, también era un hombre de negocios prominente y rico.

Pero ¿qué podía atraer a Cyrus aparte de la inocencia? Prunella Palmer no tenía dinero ni contactos. Era una belleza, pero ¿era posible que una mujer que había estado prometida siguiera siendo virgen en la época actual?

Nikolai sacudió la cabeza en un gesto de incredulidad. ¿Y tenía ella la más remota idea del tipo de hombre con el que estaba tratando? ¿Un hombre al que le excitaba la violencia sexual y que, si tenía ocasión, le causaría un daño irreparable? ¿O consideraba que un anillo de boda era una compensación apropiada por sufrir malos tratos?

Fuera como fuera, su objetivo era apartarla de Cyrus porque era un hombre peligroso y Nikolai conocía bien su adicción a las cosas más sórdidas de la vida. Hasta el momento había conseguido escapar a la justicia con sobornos y amenazas y él se había visto obligado a buscar un modo más sutil de vengarse. Como era extremadamente rico e inteligente, había rastreado todos los movimientos de su presa en el mundo de los negocios y le había robado de manera regular negocios lucrativos; algo relativamente fácil porque a Cyrus se le daba mejor ganarse enemigos que conservar amigos y hacer

contactos. Pero no resultaba tan satisfactorio como lo
sería atacarlo a un nivel más personal. Perder a Prunella
Palmer, verla preferir a su mayor rival, sería un golpe
duro para Cyrus. Y todo lo que causaba dolor a Cyrus
hacía feliz a Nikolai.

En cuanto a cómo afectarían sus acciones a Prunella y
su familia, ¿acaso tenía importancia? Serían simples daños colaterales en esa batalla. Además, su familia quedaría
libre de deudas y Prunella estaría protegida de Cyrus.

Su ardiente deseo de venganza estaba alimentado por
una despiadada determinación y por el conocimiento de
que a todas las víctimas de Cyrus se les había negado
justicia. Sin embargo, también había algo muy personal
en aquel desafío que no le gustaba porque, aunque intentaba no dejarse afectar, no podía evitar llenarse de rabia
al imaginarse a Cyrus poniéndole las manos encima a
Prunella y haciéndole daño.

—Es grave, Prunella —dijo su abuela con un suspiro.

—¿Cómo de grave? —preguntó ella, con la boca seca.
George Palmer, padre de Prunella, suspiró pesadamente.

—Soy un fracasado en lo referente a mi familia. Lo
he perdido todo.

—El negocio sí. Quizá sea demasiado tarde para salvar algo, pero eso no te convierte en un fracasado —musitó ella con voz temblorosa, porque todos sabían que
la tienda iba muy mal—. Pero al menos la casa...

—No —intervino su abuela—. Esta vez perderemos
también la casa.

—Pero ¿cómo es posible? —preguntó ella con gesto
de incredulidad—. La casa es tuya, no de papá.

—Mi divorcio de Joy se llevó la mitad del negocio
—le recordó su padre.

–Y la casa era el único activo que nos quedaba. Tu padre no pudo conseguir el préstamo personal que necesitaba para pagar a Joy –la abuela de Prunella, una mujer bajita de cabello blanco, suspiró con fuerza–. Así que lo avalamos con la casa.

–¡Dios mío!

Prunella pensó en su madrastra, la voluble Joy, e intentó consolarse con el hecho de que su padre era mucho más feliz desde el divorcio. Su esposa había sido una mujer muy exigente y, aunque George se había recuperado bastante bien del infarto que había sufrido dos años atrás, tenía que usar bastón y el lado izquierdo de su cuerpo estaba muy debilitado. Joy lo había abandonado durante la rehabilitación, en cuanto su posición había dejado de ser acomodada. Su padre no había podido pagar los servicios de un buen abogado durante el divorcio y había sido un shock para él que su esposa acabara recibiendo la mitad del valor de su tienda de muebles después del juicio. Esa era la causa de sus problemas económicos.

–Arriesgar la casa no nos ha salido bien, pero intento consolarme pensando que al menos lo intentamos –dijo George Palmer con sequedad–. Si no lo hubiéramos hecho, siempre nos habría quedado la duda. Desgraciadamente para nosotros, mis acreedores quieren cobrar.

Su actitud resignada no mejoró el humor de Prunella. Su padre era un caballero y jamás decía una mala palabra sobre nadie, pensó, mirando la carta que había sobre la mesa de la cocina.

–¿Esto es sobre tus acreedores? –preguntó.

–Sí. Mis deudas han sido vendidas a otra organización. Esa carta es de los abogados de los nuevos dueños. Dicen que quieren poner la casa en venta.

–Eso ya lo veremos –Prunella sacó el móvil del

bolso, impaciente por hacer algo, pues quedarse quieta en las situaciones difíciles no era su estilo.

—Son negocios, hija —musitó su abuela—. Suplicar es perder el tiempo. Solo quieren su dinero y, si es posible, sacar beneficios de su inversión.

—Pero estás hablando de nuestras vidas —protestó ella antes de salir de la cocina para pedir cita con los abogados.

La vida podía ser muy cruel, pensó. La mala suerte y la decepción la habían golpeado una y otra vez y estaba tan acostumbrada que había aprendido a apretar los dientes y soportar lo que fuera. Pero cuando se trataba de su familia surgía en ella su espíritu luchador. Su padre no iba a recuperar la salud del todo, pero se merecía algo de paz después de la agitación del amargo divorcio y no podía soportar que perdiera su casa después de verse obligado a adaptarse a tantos cambios.

¿Y su abuela? Los ojos de Prunella se llenaron de lágrimas al pensar en la casa que la anciana adoraba. Allí había vivido con su difunto esposo desde el día de su boda, en los años sesenta. Allí había nacido su hijo y allí habían vivido siempre su padre y ella. La casa, vieja pero cómoda, era el centro de su seguridad.

George Palmer se había enamorado de su madre, Lesley, en la universidad, y había querido casarse con ella cuando se quedó embarazada. Pero Lesley tenía otros planes y, después del parto, se había ido a California a hacer carrera. Tenía una licenciatura en Física y había llegado a convertirse en una científica famosa.

—Es evidente que me faltan el gen de esposa y el de madre porque no lamento ni estar soltera ni no haber criado hijos —le había dicho a Prunella con brutal sinceridad la primera vez que se vieron, cuando ella tenía ya dieciocho años—. George te adoraba y cuando se casó con Joy pensé que sería mejor dejar que formases parte de una familia perfecta, sin intervenir para nada.

Prunella suspiró al recordar la conversación. Lesley ni siquiera había sabido ver que su absoluta falta de interés por ella y su ausencia de remordimientos le harían aún más daño. Además, la suya no había sido una familia perfecta porque, en cuanto se hubo casado, Joy había hecho ver que le molestaba la presencia de la niña. De no haber sido por el amor de su padre y de su abuela, Prunella habría sido muy desgraciada.

Y a Joy, pensó con amargura, le había ido bien en el divorcio. Pero dejó de pensar en todo eso para concentrarse en el problema de su familia. Explicó la situación al joven que la atendió en el bufete de abogados y se encontró con un muro de silencio. El abogado se escudó en el secreto profesional y se negó a decirle quién era el acreedor de su padre. Además, señaló que nadie estaría dispuesto a comentar el asunto con otra persona que no fuera su propio padre, aunque al menos prometió transmitir su petición.

Prunella cortó la comunicación con lágrimas de frustración en los ojos, pero debía reponerse e ir a trabajar, pues su pequeño sueldo era el único dinero que entraba en la casa, aparte de la pensión de su abuela. Mientras se ponía la chaqueta se le ocurrió una idea y volvió a la cocina.

–¿Has pensado en pedirle ayuda a Cyrus? –preguntó con brusquedad.

Su padre se puso a la defensiva.

–Hija...

–Cyrus es un amigo de la familia –intervino la abuela–. Estaría muy mal acudir a un amigo en estas circunstancias solo porque tiene dinero.

Prunella asintió, respetuosa, aunque sentía la tentación de recordarles que el asunto era lo bastante serio como para correr el riesgo de ofender a Cyrus. Tal vez ya le habían pedido ayuda y él se la había negado, o quizá sabían algo que ella desconocía. En cualquier caso, no era posible hablar con él en ese momento porque estaba fuera del país, en un largo viaje de negocios por China.

Suspirando, subió a la vieja furgoneta que era su único medio de transporte. Butch, que normalmente la acompañaba al trabajo, se puso a ladrar como un loco en la puerta y Prunella, acordándose del perro por primera vez esa mañana, pisó el freno y abrió la portezuela para que subiera.

Butch era una mezcla de chihuahua y Jack Russell, un perro muy pequeño, pero con la pasión y personalidad de uno mucho más grande. Había nacido solo con tres patas y lo habrían sacrificado si ella, que entonces trabajaba de forma temporal en una clínica veterinaria, no se hubiese enamorado del animalito.

Butch se instaló en su cesta sin hacer ruido, sabiendo bien que su dueña no quería que la molestase mientras conducía.

Prunella trabajaba en un albergue para animales a pocos kilómetros de su casa. Había entrado de voluntaria cuando era adolescente y allí encontró consuelo cuando el hombre al que amaba había sucumbido lentamente a la enfermedad que terminó por matarlo. Al verse obligada a dejar la carrera de veterinaria sin terminar, había empezado a trabajar allí. Confiaba en terminar la carrera algún día y abrir una clínica veterinaria, pero la enfermedad de Paul y el infarto de su padre le habían obligado a cambiar el curso de su vida. En cualquier caso, había adquirido mucha experiencia en el albergue y era una especie de enfermera veterinaria, un aprendizaje interesante para su futura carrera.

Pensar de otro modo cuando su presencia en casa había sido tan importante sería imperdonablemente egoísta. Su abuela y su padre la habían necesitado mucho durante esos difíciles años, pero no podía negar el afecto y apoyo que había recibido de ellos.

Su jefa, Rosie, una cuarentona de rizos rubios y gran corazón, le salió al encuentro en el aparcamiento.

—No te lo vas a creer. Samson ha encontrado una casa.

Prunella sonrió.

—No te creo.

—Todavía no he ido a visitarlos, pero parecen buenas personas. Acaban de perder un perro por viejo y pensaba que no querrían otro animal mayor, pero temen que un perro joven sea demasiado para ellos —explicó Rosie.

—Samson se merece una buena casa —asintió ella. Samson era un terrier de trece años al que, debido a su edad, nadie más había querido adoptar.

—Es un perrito muy cariñoso —Rosie hizo una pausa—. Me han dicho que tu padre cerró la tienda la semana pasada. Lo siento mucho.

—No se puede evitar —dijo Prunella, con la esperanza de cortar allí los comentarios. No podía hablar con Rosie de sus asuntos económicos porque era muy cotilla.

Mientras su jefa comentaba que las grandes cadenas de muebles estaban acabando con los negocios pequeños, ella se puso el mono de trabajo y empezó a examinar a un flaco perro callejero que les habían llevado los empleados del Ayuntamiento. Cuando terminó, lavó y dio de comer al chucho antes de instalarlo en una jaula.

Mientras se quitaba el mono, oyó el ruido de un coche y pensó que Rosie iba a visitar a la familia que había adoptado a Samson. Entró en la oficina, donde trabajaba a ratos porque se le daba mejor el papeleo que a su jefa, quien se dejaba llevar más por el deseo de rescatar animales y buscarles casa que por las exigencias de cumplir con todas las obligaciones médicas, legales y económicas de un centro benéfico reconocido.

Sin embargo, Rosie y ella formaban un equipo eficiente. Rosie era fantástica con el público y recaudando fondos y ella prefería trabajar con los animales.

De hecho, se había sentido muy incómoda en la subasta benéfica a la que Cyrus había insistido en llevarla un mes antes. El champán, los tacones altos y los vestidos de noche no eran lo suyo. Pero ¿cómo iba a negarse después de lo bien que se había portado con Paul durante su enfermedad? Acompañar a Cyrus a un par de eventos sociales era poco en comparación. Se preguntó entonces, como tantas otras veces, por qué no se habría casado. Cyrus era un hombre de cuarenta y cinco años, presentable, triunfador y soltero. Alguna vez se había preguntado si sería gay, pero Paul se había enfadado con ella por intentar buscar razones donde él insistía que no había ninguna.

La entrada de Rosie en la oficina interrumpió sus pensamientos. Su jefa parecía agitada.

–Tienes visita –anunció.

Ella se levantó y dio la vuelta al escritorio.

–¿Visita? –preguntó, sorprendida.

–Es un extranjero –susurró Rosie, como si aquello fuera algo misterioso y poco habitual.

–Pero estudió en Gran Bretaña y habla su idioma estupendamente –comentó una voz muy viril desde la puerta que daba al pasillo.

Prunella se quedó paralizada y un escalofrío de incredulidad le recorrió la columna vertebral al reconocer aquella voz, que solo había escuchado en una ocasión, casi un año atrás. No era posible, pero era... Era *él*. El hombre atractivo que tenía un lujoso coche, mal genio y unos ojos que le recordaban al caramelo derretido. ¿Qué hacía visitándola en Compañeros Animales?

–Les dejo en... la intimidad –comentó Rosie, nerviosa.

Cuando salió de la oficina, el hombre moreno y alto se adelantó unos pasos.

Prunella enarcó una ceja.

–¿Necesitamos intimidad? –preguntó, dudosa.

Nikolai la estudió con atención. Era pequeña y delicada. Eso lo recordaba. Recordaba también el cabello rizado de color bronce porque era un tono poco habitual, ni castaño ni rojo, sino un tono metálico entre ambos. Pensó que parecía un duendecillo sacado de un cuento de hadas y la miró con atención para no perderse ni un solo detalle de aquella perfección. Aunque, por supuesto, no era perfecta. Ninguna mujer lo era. O eso se decía, en un esfuerzo por recuperar la compostura. Pero esa piel de porcelana sin mácula, esos gloriosos ojos verdes y esa boca lujuriosa en aquel rostro tan hermoso resultaban inolvidables. La memoria no había exagerado su belleza, pero se había convencido a sí mismo de que no tenía que perseguirla.

–Sí –respondió, cerrando la puerta con firmeza–. En nuestro último encuentro no nos presentamos.

–Porque estaba demasiado ocupado gritándome –le recordó ella.

–Me llamo Nikolai Drakos. ¿Y usted? –le ofreció su mano y ella se la estrechó.

–Prunella Palmer. ¿Qué hace aquí, señor Drakos? ¿O ha venido por aquel estúpido coche?

–El estúpido coche que usted arañó –repuso él.

–Le hice una marca minúscula en un lateral. No lo arañé –replicó ella con sequedad–. No me puedo creer que siga quejándose de eso. No hubo daños materiales ni personales.

Nikolai sintió la tentación de decirle cuánto le había costado borrar aquella «marca minúscula», que ella había provocado al rozar un arbusto por acelerar demasiado.

Y seguía siendo tan irritante como entonces. ¿Quejarse? Él no se había quejado en su vida, ni cuando lo golpeaba su padre ni cuando lo acosaban en el colegio, ni cuando había muerto su hermana, su única pariente viva. Había aprendido muy pronto que no le importaba a nadie y que nadie tenía interés en saber lo que había sufrido, pero nada en la vida le había resultado fácil.

Prunella no podía apartar la mirada. Era tan grande que ocupaba todo el espacio de la pequeña oficina y hacía que se sintiera sofocada. La tensión la mantenía rígida y lo observaba como un conejo fascinado por un halcón que se disponía a caer sobre él. Nikolai Drakos era la fantasía femenina por excelencia, de piel morena, cabello negro y unos ojos oscuros espectaculares. Su traje gris, cortado a medida, no conseguía ocultar que tenía un cuerpo de atleta y se movía con gracia y elegancia. Era increíblemente apuesto, pero había algo más. Tenía una estructura ósea admirable y probablemente seguiría atrayendo miradas a los sesenta años. Además, exudaba sensualidad. Doce meses atrás su carisma la había golpeado con la fuerza de un rayo y eso la había avergonzado.

–No he venido por el coche –dijo Nikolai con tono seco–. Estoy aquí porque usted ha pedido verme.

Ella lo miró, desconcertada.

–No sé a qué se refiere. ¿Cómo puedo haber pedido eso si no sabía cómo ponerme en contacto con usted y, además, no tengo ningún deseo de volver a verlo?

Nikolai esbozó una sonrisa cargada de sorna.

–Ha pedido verme –repitió.

La extrañeza de Prunella se vio pronto reemplazada por una súbita furia. Había tenido un día muy malo y no estaba de humor para sorpresas de hombres arrogantes, en especial de uno que la había ofendido ofreciéndole una aventura de una noche antes incluso de preguntarle su nombre. Él le había hecho sentirse mal consigo misma y eso no lo permitía.

–Ya está bien de tonterías –replicó, airada–. Quiero que se marche.

Nikolai enarcó las cejas.

–Me parece que no –repuso.

La rabia que Prunella siempre se esforzaba por controlar se impuso en aquella ocasión porque odiaba a los fanfarrones y le parecía que él intentaba intimidarla.

–Estoy segura –replicó, alzando la voz–. Y, si no se marcha de aquí antes de que cuente hasta diez, llamaré a la policía.

–Hágalo –Nikolai se apoyó en la puerta y se cruzó de brazos.

Prunella Palmer, con sus ojos de color verde esmeralda brillantes de furia, le recordaba a un colibrí atacando una flor. Pequeño, pero colorido, intenso y lleno de vida.

–Lo digo en serio.

Nikolai suspiró.

–Solo cree que lo dice en serio. Debe saber que ese temperamento suyo es una gran debilidad.

–Uno...

–Cuando se permite perder la cabeza, entrega el control.

–Dos...

–Y tampoco piensa racionalmente –continuó Nikolai.

–Tres.

–En este momento puedo leer su cara como un mapa. Quiere lanzarse contra mí y golpearme, pero como físicamente no está a la altura de ese reto, recurre a portarse de un modo ilógico e infantil.

–Cuatro. Y cállese mientras cuento. Cinco –siguió Prunella. Tenía tan tensos los músculos de la garganta, que le costaba pronunciar las palabras.

–La escena que está montando ahora mismo es la razón por la que nunca me permitiré perder los nervios

–dijo Nikolai. Estaba disfrutando por primera vez en mucho tiempo al ver lo fácil que era sacarla de quicio. Sería igual de fácil darle cuerda como a un juguete y controlarla–. Podría preguntarse por qué se muestra tan poco razonable. Que yo sepa, no he hecho nada para merecer este recibimiento.

–Seis –siguió Prunella.

Pero entonces recordó la boca masculina en la suya; dura, exigente y apasionada. Era el único hombre que la había besado aparte de Paul. Estaba furiosa, pero su cuerpo la traicionaba. Sus pezones se endurecieron y abajo, en un lugar en el que ni siquiera quería pensar, experimentaba una sensación caliente y líquida casi olvidada que le hizo apretar los dientes con rabia.

–Siete.

Tocó el teléfono del escritorio, casi desesperada por verlo marcharse, con el cerebro convertido en una masa de rabia e imágenes confusas.

–Nos vamos a llevar muy bien –dijo él con sorna–. Porque, aunque yo controlo mi temperamento, soy exigente, terco e impaciente y, si me lleva la contraria, lo comprobará.

–¡Fuera! –gritó ella–. ¡Largo de aquí!

–Ocho... o quizá nueve –pronunció él en su lugar–. Cuando sepa por qué he venido, me suplicará que me quede.

–En sus sueños. Diez –Prunella levantó el auricular.

–Soy el hombre que ha comprado las deudas de su padre –anunció entonces Nikolai.

Vio que ella se quedaba inmóvil un momento, palidecía y después devolvía lentamente el auricular a su sitio, dejando caer la mano con desmayo.

# Capítulo 2

ESO no es posible –susurró Prunella–. Sería demasiada coincidencia.

–Las coincidencias ocurren –replicó Nikolai, que no tenía intención de contarle sus planes.

–Una tan improbable no –argumentó ella, apartándose del escritorio mientras su cerebro intentaba entender aquel sorprendente cambio de circunstancias.

–Usted llamó a los abogados que se ocupan de mis asuntos legales y pidió verme –le recordó él–. Y aquí estoy.

–No esperaba una visita personal –murmuró ella, angustiada.

Casi no sabía lo que decía porque su fuerte temperamento, que a menudo era su gran apoyo, se había convertido en miedo. No, no podía echar al acreedor de su padre. Ni siquiera enfadada era tan estúpida.

El silencio se prolongaba mientras lo miraba con incredulidad. Volver a ver a Nikolai era como una bofetada y sentía calor y hormigueo en el rostro, como si se lo hubiera quemado el sol.

–Como usted ha dicho, aquí está –musitó–. Comprenderá que me sorprenda que el acreedor de mi padre sea una persona a la que conozco.

–¿Usted diría que nos conocemos? Fue un breve encuentro en un aparcamiento.

Prunella sintió deseos de abofetearlo, pues hablaba como si hubieran compartido algo más que un beso. Y de haber estado ella dispuesta, seguramente lo habrían hecho, de eso no tenía duda. Él era un jugador, el tipo de hombre que hacía lo que quería cuando quería y, desde luego, tenía ganas de sexo. Se sonrojó al pensar que, si hubiera accedido, habrían tenido un encuentro sexual allí mismo, en el coche.

–O sea, que es usted el acreedor de mi padre –musitó, esforzándose por ignorar el cosquilleo que sentía cada vez que lo miraba a los ojos. Era atracción y se odiaba a sí misma por ello.

–Y usted quería hablar conmigo, ¿no? No sé lo que quiere decirme, aparte de lo obvio. Si piensa suplicar, no iremos muy lejos. Vayamos al grano. Esto son negocios, no es nada personal.

–Pero es personal para mi familia.

–Su familia no es asunto mío –respondió Nikolai–. Pero yo tengo otra opción que ofrecerle.

–¿Otra opción? –preguntó ella, sin aliento.

Nikolai vio un brillo de esperanza en sus ojos verdes y eso hizo que se sintiera como un canalla. Pero, irritado consigo mismo, aplastó esa sensación que le resultaba tan ajena. ¿Qué era lo que la provocaba? ¿Su aire de vulnerabilidad? ¿Su físico delicado? ¿La ingenuidad que la impulsaba a mirar a un desconocido con la esperanza de que fuera a ser un buen samaritano? ¿Cómo podía ser tan ingenua a su edad? Por desgracia, él nunca había sido un blando y no iba a fingir que lo era. Él no intimaba con nadie, no conectaba con otras personas. Había sido así durante mucho tiempo y no tenía intención de cambiar. Cuando uno se permitía que le importase alguien recibía una patada en los dientes, y eso le había ocurrido tan a menudo de niño que había acabado por aprender la lección.

–Hay una situación que me convencería de suprimir las deudas de su padre –anunció.

–¿Cuál es esa situación? –preguntó ella.

–Que se instale usted conmigo en Londres por un periodo de tres meses –respondió Nikolai.

Prunella abrió los ojos como platos.

–¿Que me instale con usted? ¿Y qué entrañaría eso exactamente?

–Lo que suele entrañar que un hombre y una mujer vivan juntos –replicó Nikolai, sin saber por qué no era más directo con sus palabras.

Tal vez porque la reacción de ella, la timidez inconfundible que no podía ocultar, lo persuadía de que, por improbable que pareciese, quizá sí era virgen. Y le gustaría mucho llevársela a la cama, pero no la quería allí sufriendo. Tampoco deseaba particularmente ser el hombre que la desflorase, aunque, cuando pensó en ello, se dio cuenta de que tampoco quería que lo hiciese otro en su lugar.

De pronto su cerebro se lanzaba en direcciones con las que no había contado, presentando objeciones a lo que antes parecía algo sencillo y directo. Lo único que había cambiado era que tenía a Prunella Palmer delante y, de repente, en lugar de ser solo un paso en un proyecto, se convertía rápidamente en un objeto de deseo en sí misma.

Eso lo desconcertaba porque no era su tipo de mujer. A él le gustaban las rubias altas y con curvas, y ella era bajita, delgada y tenía casi tan pocas curvas como un chico adolescente. Y le costaba entender por qué se había excitado tanto cuando un leve movimiento había agitado sus pechos bajo la camiseta.

Podía ver los pezones marcándose bajo la tela y, de repente, deseaba ver mucho más de ese cuerpo esbelto, pero increíblemente femenino. En cualquier caso, era sexo, nada más, y él tenía opciones más convenientes en ese campo, ¿no? ¿Por qué estaba pensando eso?

¿Qué le pasaba? Él nunca se había dejado llevar por lo que había más abajo del cinturón.

–¿Quiere que sea su novia? –murmuró ella, atónita. No se podía creer que estuvieran manteniendo aquella conversación.

Nikolai hizo una mueca.

–Yo no tengo novias... tengo relaciones sexuales.

–Entonces es un libertino –dijo Prunella sin pensar porque, en su inexperiencia, solo había dos tipos de hombre: uno que estaba abierto a la posibilidad de conocer y comprometerse, y otro que solo quería acostarse con la mayor cantidad posible de mujeres.

Los ojos oscuros empezaron a echar chispas.

–No se le ocurra insultarme.

–Curiosamente, mi intención no era insultarlo. Quería decir que solo quiere sexo. No debería haberlo dicho, pero es un hecho –por fin, Prunella se quedó callada, reconociendo su estupidez por decir algo tan ofensivo–. Solo intento entender la opción que usted ha sugerido. Pero si no es como novia...

–Como amante –la interrumpió Nikolai, frío como el hielo.

Prunella parpadeó, pensando que no podía haber dicho lo que creía que había dicho. ¿O sí? Un papel tan anticuado para un hombre tan moderno...

Pero ¿qué sabía ella sobre Nikolai Drakos? Miró por la ventana y se sorprendió al ver una brillante limusina con un chófer esperando en la puerta. Tenía que ser suya y eso significaba que Nikolai era rico y caprichoso. Tal vez tener una amante para atender sus necesidades sexuales no era tan anómalo para él como lo era para ella.

Tristemente, la sorpresa le había dejado la lengua pegada al paladar. Aquel hombre estaba haciéndole proposiciones deshonestas y nada podría haberla preparado

para esa eventualidad. Ella no era una mujer guapísima...
irónicamente, al contrario que él. Los hombres no gira-
ban la cabeza para mirarla porque no tenía unas piernas
larguísimas ni unas curvas que llamasen la atención.
¿Por qué entonces le hacía tal oferta?

—Pero si no nos conocemos —objetó, atónita—. Es
usted un extraño...

—Si viviese conmigo dejaría de serlo —señaló Nikolai
con monumental calma.

Y esa calma inhumana hizo que Prunella se quedase
boquiabierta.

—No puede hablar en serio.

—Le aseguro que sí. Múdese a Londres conmigo y
olvidaré las deudas de su familia.

—¡Pero es una locura! —exclamó ella. Lo decía como
si tal proposición fuese algo normal.

—Para mí no lo es —afirmó Nikolai—. Cuando quiero
algo, intento conseguirlo como sea.

Ella bajó la mirada. ¿Tanto la deseaba? ¿Lo suficiente como para localizarla, hacerse con las deudas de
su padre e intentar comprar los derechos de su cuerpo
junto con esas deudas? La idea hizo que se marease.

—Es inmoral... es un chantaje.

—No se trata de un chantaje. Estoy ofreciéndole una
posibilidad de elegir que no tenía antes de que yo entrase por esa puerta —replicó Nikolai Drakos con frialdad—. Es decisión suya.

—¡No puede hablar en serio! Lo que me ofrece es
vergonzante... solo haría eso alguien carente de escrúpulos.

—¿Cuándo he hablado yo de escrúpulos? —se burló
Nikolai—. Quiero lo que quiero y la quiero en Londres
conmigo...

—Pero ¿por qué? —lo interrumpió ella—. ¿Por qué me
ha elegido precisamente a mí? Esa noche le dije que

no... ¿es eso? ¿Mi negativa es lo que ha despertado su interés?

–No voy a responder a esas preguntas. No necesito hacerlo –replicó Nikolai con tono orgulloso–. Mis motivos son cosa mía. O quiere tomar en consideración mi propuesta o no, depende enteramente de usted.

–Pero ser su amante... –una carcajada de incredulidad escapó de la garganta de Prunella–. ¿No entiende que aunque quisiera aceptar no podría hacerlo?

Él frunció el ceño.

–¿De qué está hablando?

–Mi padre se moriría si supiera que me acuesto con un hombre solo para solucionar sus problemas. No, la opción de ser su amante es imposible.

–Eso tendrá que decidirlo usted –Nikolai dejó una tarjeta de visita sobre la mesa–. Mi número de teléfono. Estaré en el hotel Wrother Links hasta mañana.

–Ya he tomado una decisión y mi respuesta es no –se apresuró a decir Prunella.

Él esbozó una perversa sonrisa que, sin embargo, irradiaba carisma.

–Piénselo bien antes de decir que no. Y si lo comenta con alguien retiraré la oferta –le advirtió–. Es una propuesta estrictamente confidencial.

–No puede pedirle a una mujer que sea su amante, así, sin más –protestó ella, airada ante lo que consideraba una desvergüenza.

Nikolai se encogió de hombros, con las largas pestañas negras casi ocultando su astuta mirada.

–Creo que acabo de hacerlo.

–¡Pero es de bárbaros! No es una oferta, es un engaño.

Él inclinó a un lado la cabeza.

–No, el engaño fue que me besaras como lo hiciste el año pasado y luego te apartases como si te hubiera insultado –musitó, con tono letal.

–¡Es que me había insultado! –exclamó ella preguntándose si su rechazo habría provocado una reacción en cadena. ¿Qué otra cosa podía impulsarlo?

Nikolai se irguió perezosamente para abrir la puerta.

–Si te ofendes tan fácilmente, tal vez sea mejor que no aceptes.

Curiosamente, no era eso lo que quería escuchar y no lo entendía. Como tampoco entendía que su partida la entristeciese en lugar de alegrarla. Observó la limusina alejándose, sus pensamientos se hallaban a kilómetros de distancia, recordando el momento en el que conoció a Nikolai Drakos...

La mejor amiga de su madrastra, Ailsa, era organizadora de eventos y, cuando uno de sus empleados enfermó a última hora, Joy había insistido en que ella ocupase su lugar. Podría haberse negado, pero sabía que si lo hacía a Joy le daría un soponcio y lo pagaría con toda la familia. Siempre había odiado que atormentase a su padre con comentarios insidiosos.

Esa noche, cuando llegó a la residencia en la que tendría lugar la boda, se había quedado sorprendida porque le pidieron que aparcase los coches en lugar de atender las mesas como había esperado. Y, la verdad, con su flamante permiso de conducir en el bolsillo y su amor por los deportivos, aparcar los lujosos modelos de los invitados a la boda habría sido divertido de no ser porque le resbaló el pie en el pedal de un McLaren Spider, provocando que el alerón rozase un arbusto.

Nikolai Drakos, que así se llamaba el propietario, se había puesto a gritar y Ailsa había salido de la casa para solucionar el incidente. Por desgracia, y como la inmediata disculpa de Prunella no había surtido efecto, Ailsa se apresuró a decir que iba a despedirla para contentar a Nikolai. Fue entonces cuando, de repente, él recuperó la calma, insistiendo en que no era tan grave y no debía despedirla, antes de entrar en la casa para reunirse con el resto de los invitados.

Horas después, Prunella había vuelto a verlo. Estaba fuera, escuchando la música que ponía el DJ para animar la fiesta, medio bailando para entrar en calor porque en el jardín hacía fresco. Cuando oyó un ruido tras ella se dio la vuelta y se lo encontró mirándola, con los ojos dorados como caramelo derretido reflejando las luces del exterior.

—Si quiere su coche, puede ir a buscarlo usted mismo —le había dicho con cierta antipatía.

—Tiene razón. No permitiría que volviera a ponerse tras el volante —replicó él, acercándose casi sin hacer ruido. Se movía de manera muy silenciosa para ser un hombre tan grande—. ¿A qué hora termina de trabajar?

—Ya he terminado. Estoy esperando a que uno de los camareros me lleve a casa.

—Podría tener que esperar mucho tiempo.

—Podría ser —Prunella levantó una mano para apartarse el pelo de la cara.

—Tiene un pelo maravilloso —comentó él.

—Gracias.

El jardín estaba suavemente iluminado y lo único que podía pensar en ese momento era que era el hombre más guapo que había visto en toda su vida.

—Y unos ojos preciosos... pero es una pésima conductora.

—Se me ha resbalado el zapato en el pedal. Tengo experiencia conduciendo, se lo aseguro.

—No te creo.

Ella levantó la barbilla, orgullosa.

—Ese es su problema, no el mío.

—Mi problema es que te deseo —dijo Nikolai entonces con todo descaro—. Te he visto bailando por la ventana y me ha excitado.

Desconcertada, Prunella se ruborizó.

–Ah...

–¿Ah? –repitió él, burlón–. ¿Eso es todo lo que tienes que decir?

–¿Qué quiere que diga? –Prunella puso los ojos en blanco–. No estoy buscando un hombre ahora mismo.

–Y yo no estoy buscando una mujer... estoy buscando una noche –admitió Nikolai, enredando los largos dedos morenos en su pelo, algo que ella no permitiría si estuviera pensando con un poco de lucidez.

Y lo que ocurrió después demostró que no podía pensar cuando Nikolai Drakós estaba cerca porque puso la otra mano en su espalda, apretándola contra su duro cuerpo, y en un segundo estaba besándola como nunca la habían besado, obligándola a abrir los labios con la presión de los suyos, mareándola con su calor. Era apasionado y exigente, masculino, excitante, cada roce sinuosamente sexual de sus poderosos muslos le advertía que un beso podría ser tan íntimo como un desnudo abrazo.

Él levantó su hermosa cabeza oscura y Prunella notó el frío aire de la noche en contraste con el calor de su cuerpo. Pero inmediatamente recordó quién era y dónde estaba y se sintió enferma

–Gracias, pero no estoy interesada –anunció, intentando parecer guasona mientras se daba la vuelta.

–No puedes decirlo en serio –protestó Nikolai, con evidente sorpresa porque sabía que estaba tan excitada como él.

Pero lo que no sabía era que Prunella nunca se había sentido tan excitada... jamás. Y unas semanas después de haber visto al amor de su vida en la tumba a los veinticuatro años, esa verdad le dolía tanto que tuvo que contener un sollozo. Había creído que amaba de verdad a Paul, pero él nunca la había hecho sentir aquello y reconocerlo hacía que se sintiera culpable.

–Me marcho –le dijo a Nikolai, dirigiéndose a la entrada de la residencia, donde esperaría que alguien la llevase a casa. Y daba igual el tiempo que tuviese que esperar porque sería infinitamente más seguro que ir a ningún sitio con el hombre que acababa de besarla.

La había besado hasta que se olvidó del ayer, de Paul, de todo. La había besado por el momento, por un ligue barato, por un revolcón de una sola noche. Ella tenía suficientes preocupaciones y no iba a cometer un error que sin duda lamentaría más tarde.

Mientras limpiaba de papeles el escritorio de Rosie, Prunella volvió al presente sintiendo un escalofrío. Le había dado alas. Aunque no lo hizo de forma intencionada, había dado la impresión de querer ese beso para cambiar luego de opinión. Pero una mujer tenía derecho a cambiar de opinión y ella había ejercitado ese derecho. ¿Se había vuelto más deseable después de darle la espalda? ¿Cuántas mujeres le habrían dicho que no a Nikolai Drakos? Estaba segura de que muy pocas, porque era un hombre muy atractivo y evidentemente rico. Nikolai era un hombre duro que conseguía todo lo que quería. ¿Su rechazo habría sido un reto para su ego masculino?

¿Y era pura coincidencia que fuese el acreedor de su padre? Nikolai no había querido responder a sus preguntas. Se había limitado a decir que le ofrecía una opción que no tenía antes de que llegase y, aunque no le gustaba verlo de ese modo, esa era la terrible verdad.

El padre y la abuela a los que adoraba estaban a punto de perder todo lo que les quedaba. ¿Cómo iba a quedarse de brazos cruzados y dejar que sufrieran cuando le habían ofrecido una alternativa, por terrible que fuese?

Estuvo pensando en ello durante todo el día, dándole vueltas, buscando una salida. Estaba dispuesta a hacer cualquier cosa para que su padre y su abuela siguieran teniendo un techo sobre sus cabezas. Libre de la carga de esas deudas, y de las extravagancias de Joy, su padre por fin estaría en posición de ganarse la vida de forma razonable. Aunque había perdido la tienda de muebles, seguía siendo un experto contable y la posibilidad de volver a trabajar le devolvería el amor propio y las ganas de vivir.

Sin embargo, por mucho que quisiera ayudar a su familia, Nikolai Drakos la había puesto en una situación imposible. Su padre jamás aceptaría tal sacrificio por su parte. ¿Cómo podía salvar ese obstáculo?

Una posibilidad sería ofrecerle a Nikolai la noche de intimidad de la que, sospechaba, se sentía privado. Tembló ante la idea de acostarse con alguien en tales circunstancias, pero enseguida se regañó a sí misma por ser tan dramática. ¿Por qué convertir aquello en una tragedia? Si tener su cuerpo era tan importante para Nikolai, podía ofrecérselo. Ella no era virgen porque hubiera decidido serlo. Había esperado por Paul, por el milagroso día que estuviera bien del todo, pero esa oportunidad no había llegado nunca. En ese momento, y no por primera vez, deseó que Paul no hubiera insistido en esperar para que todo fuese perfecto antes de hacer el amor, porque acostarse con Nikolai sería menos aterrador si tuviese alguna experiencia en ese campo.

Una noche, se dijo a sí misma, sintiéndose absurdamente desamparada. Sí, podía darle una noche para salvar a su familia. ¿Tenía otra opción?

Claro que en lugar de convertirla en su amante, Nikolai podría casarse con ella, dándole a ese acuerdo una pátina de respetabilidad. Solo entonces aceptaría su padre la cancelación de las deudas porque su yerno sería miembro de la familia y no un extraño. Pero estaba segura de que Nikolai no aceptaría la opción de la boda. De hecho, le dio la risa al imaginarse a sí misma haciendo tal sugerencia. El hombre que no tenía novias y solo mantenía relaciones sexuales no iba a aceptar una proposición de matrimonio.

Pero tenía que intentarlo.

Al final de la jornada, Prunella marcó el número impreso en la tarjeta de visita que Nikolai había dejado y, tuteándolo por primera vez, le espetó:

–Quiero ir a verte esta noche.

Sorprendido por tal declaración de intenciones, Nikolai frunció el ceño.

–¿Has cambiado de opinión?

–Solo quiero hablar.

Nikolai tenía sus dudas. De hecho, había empezado a creer que debía de estar segura del apoyo de Cyrus si tan dispuesta estaba a rechazar su oferta sin la menor vacilación. ¿Su viejo enemigo le habría propuesto matrimonio? No, pensó entonces, si fuera así, Prunella se lo habría dicho.

–No tenemos nada que hablar –replicó.

–Querer es poder –en su desesperación por hacerse escuchar, Prunella repitió algo que solía decir su abuela.

Diez minutos después, Prunella entraba en el exclusivo hotel Wrother Links. Solo entonces se dio cuenta de que llevaba la ropa de trabajo, que consistía en una camiseta, unos tejanos gastados y unos botines planos. Tal vez debería haber ido a casa a cambiarse y maquillarse un poco, pensó. Pero Nikolai le había hecho tan increíble proposición por la mañana, cuando estaba aún menos arreglada y, seguramente, oliendo a perro mojado. Pensativa, frunció el ceño.

¿Qué quería de ella aquel hombre extraño?

Lo evidente, se dijo a sí misma irritada cuando la recepcionista le indicó el ascensor con una mirada de curiosidad. Que ella no hubiera visto nunca su cuerpo como un arma de negociación no significaba que Nikolai pensara del mismo modo. Tenía que quererla por algo y su cuerpo parecía ser la única explicación. Aunque seguía resultando increíble. Durante esos años había escuchado a sus amigas contar que los hombres veían el sexo como algo de crucial importancia y ella, acostumbrada a la rígida autodisciplina de Paul, se había quedado desconcertada. Aun así, era asombroso pensar que el sofisticado Nikolai Drakos pudiese verla como una mujer irresistible a quien debía poseer a costa de lo que fuera.

En la universidad había sido bombardeada con propuestas sexuales de chicos de su edad. Tal vez por eso conocer a Paul, inicialmente solo un amigo, había sido un alivio. Paul la valoraba como persona, no por su cuerpo o por el placer físico que pudiese darle. Pero él era un caso especial, tuvo que reconocer con tristeza.

Un joven que se presentó como ayudante de Nikolai abrió la puerta del despacho y le hizo un gesto para que entrase. En el escritorio había un montón de papeles y un ordenador portátil encendido. Prunella miró las columnas de cifras en la pantalla antes de que el joven lo apagase a toda prisa.

–El señor Drakos vendrá enseguida –le aseguró antes de salir.

Prunella miró por la ventana el césped del renombrado club de golf y, haciendo un esfuerzo para controlar los nervios cuando oyó un ruido tras ella, preguntó:

–¿Juegas al golf?

–No, no es mi juego –respondió Nikolai–. ¿Por qué has venido?

Ella se dio la vuelta y se encontró, abrumada, con un fantástico torso de músculos bien definidos, abdominales marcados y estómago plano. Evidentemente, acababa de salir de la ducha, tenía el pelo negro aún mojado y el mentón recién afeitado. Con las mejillas ardiendo, apartó la mirada.

–¿No es buen momento?

–Digamos que es algo inesperado –replicó Nikolai, con sus brillantes ojos oscuros clavados en ella.

No iba arreglada o maquillada. Había pensado que se vestiría para él, pero no era así y eso, por alguna extraña razón, lo molestaba. ¿No se merecía siquiera un pequeño esfuerzo?

Sabía que ir a ver a Prunella Palmer había sido una medida desesperada. Después de todo, si ya tenía a un hombre rico comiendo en la palma de su mano, ¿por qué iba a aceptar su propuesta? Y, sin embargo, la realidad era que Cyrus no parecía dispuesto a rescatar a la familia de su futura esposa y, en cambio, se había ido a un largo viaje por China.

Tal vez el chivatazo que había recibido sobre los planes maritales de Cyrus era falso, tal vez solo estaba jugando con Prunella como solía hacer con otras mujeres, fingiéndose un hombre honorable y respetuoso para ocultar sus verdaderas intenciones.

–Lo inesperado no siempre tiene que ser malo –dijo Prunella mientras él se abrochaba la camisa. El numerito de striptease que le había ofrecido sin darse cuenta hacía que empezase a sudar bajo una ropa que, de repente, le parecía demasiado ajustada.

–Creo que conoces a Cyrus Makris –dijo él entonces.

Sorprendida, ella levantó la mirada.

–Sí, es amigo de la familia. Estuve prometida con su sobrino, Paul, hasta que murió –respondió, preguntándose cómo sabía de su relación con Cyrus. Pero entonces se le ocurrió algo–. Tu apellido... debería habérmelo imaginado. Eres griego, ¿no?

–Lo soy. ¿Quieres una copa?

–No, gracias –Prunella solo quería decir lo que tenía que decir y luego salir corriendo–. No puedo quedarme mucho rato. He dejado a mi perro en la furgoneta.

–¿Y bien? –la animó Nikolai, observándola atentamente. Un mechón de color bronce rozó su blanco cuello cuando levantó la cabeza, su pálida piel resaltaba los luminosos ojos verdes y el suculento rosa de sus labios. Tuvo que tragar saliva, irritado, luchando contra el incipiente latido en su entrepierna.

–¿Sería...? –Prunella tuvo que parar un momento para tomar aliento–. Estoy aquí para preguntar si con una noche sería suficiente.

–¿Una noche de qué? –preguntó Nikolai.

–¡Sabes muy bien que estoy hablando de sexo! –replicó ella, sonrojándose violentamente–. Si es lo único que te interesa, no tengo que mudarme contigo a Londres para eso.

Él la miró con cara de sorpresa. Y no era fácil sorprenderlo.

–A ver si lo entiendo... ¿me estás ofreciendo una noche de sexo?

–No hagas que suene tan sórdido –replicó ella, enfadada.

–No he sido yo quien ha hecho la oferta. Pero no, una noche de sexo no cumpliría con... mis expectativas –Nikolai eligió bien sus palabras–. Y me imagino por esa oferta que no eres virgen.

–¿Y por qué iba a serlo a mi edad? –preguntó ella. Pero decidió que mentir sería absurdo porque siempre existía la esperanza de que la verdad lo excitase–. En realidad, no tengo experiencia, pero...

Nikolai se sentía disgustado por la conversación. Por supuesto, ella había pensado que la quería solo por el sexo. ¿Qué otra cosa podía pensar? Pero él no era un canalla como Cyrus, que trataba a las mujeres como juguetes a los que disfrutaba rompiendo. Y cuando entendió lo difícil que debía de ser para una joven inocente como ella hacer tal oferta, tuvo que contener una palabrota, incómodo y atribulado como nunca.

Entonces se dio cuenta de que había provocado una situación que no era su estilo en absoluto.

—Una noche no me sirve —admitió en voz baja.

El corazón de Prunella latía a toda velocidad. El alivio y la angustia la asaltaban a partes iguales. Naturalmente, se sentía aliviada porque él no le había pedido que cumpliese tan bochornosa proposición inmediatamente, pero su abrupto rechazo la molestó. ¿Qué quería en realidad aquel hombre? ¿Qué podría querer o esperar de ella?

—Entonces, solo tengo otra... sugerencia que hacer —murmuró, nerviosa—. Que te cases conmigo.

—¿Casarme contigo? —exclamó Nikolai después de una pausa, mientras la estudiaba con un gesto de total incredulidad—. ¿Te has vuelto loca?

Por fin había conseguido una reacción genuina y sincera de Nikolai Drakos, pensó Prunella, experimentando una sensación de triunfo que se mezclaba con otra de absoluta mortificación. La idea de casarse lo había dejado tan perplejo que sus fabulosos pómulos se habían cubierto de un oscuro rubor y la miraba con los ojos dorados abiertos de par en par.

Evidentemente, no estaba preparado para escuchar tal sugerencia.

# Capítulo 3

DESDE mi punto de vista, solo es una sugerencia puramente práctica –respondió Prunella.

–Pues tienes que cambiar de punto de vista –replicó él, sarcástico.

Prunella sentía que le ardía la cara de vergüenza y tuvo que apretar las manos para contener el temblor. Si no podía ser más franco sobre qué necesitaba de ella no iban a llegar a ningún sitio.

–No puedo. Tendrías que casarte conmigo para que mi padre aceptase la cancelación de sus deudas. Él no es un aprovechado...

–¡No voy a casarme contigo para conseguir lo que quiero! –la interrumpió Nikolai con tono impaciente, haciendo que su acento sonara más marcado que nunca.

–Pues eso da por finalizada esta conversación –dijo Prunella, desesperada por escapar de la opulenta suite y olvidar que lo había conocido. Como había dicho su padre cuando puso la casa como aval y la perdió: al menos sabía que lo había intentado. Y, en aquel momento, Prunella sabía también lo que era intentarlo y fracasar.

–¡*Diavole*! –exclamó Nikolai cuando llegó a la puerta–. Tiene que haber otra manera.

Ella se dio la vuelta.

–No, la verdad es que no la hay. Mi padre no podría soportar que su hija se vendiera a un hombre para pagar las deudas que él ha contraído.

Los ojos de color caramelo derretido de repente parecían tan brillantes como el sol.

—Tienes la rara habilidad de hacer que todo suene sórdido.

—No, es que no te gustan las cosas claras... a menos que seas tú quien las diga. Y te gusta hablar con rodeos. Me has pedido que sea tu amante, pero reniegas de la posibilidad de acostarte conmigo.

—Evidentemente, quiero algo más que sexo de ti. Puedo conseguir sexo donde quiera, en cualquier momento —le aseguró él con tono desdeñoso.

Prunella suspiró, frustrada.

—No soy una heredera secreta, ¿verdad?

—¿De qué estás hablando?

—No sé, tal vez pudiera ser la única prima de algún pariente desconocido que me ha dejado una fortuna y tú lo has descubierto...

—Estás dejando volar la imaginación. Además, en esa situación un hombre aceptaría el matrimonio para asegurarse la herencia. Sin embargo, en este caso... —Nikolai apretó los sensuales labios.

El matrimonio, aunque fuese de conveniencia, estaba fuera de la cuestión. Él nunca había querido casarse. Recordaba poco de sus irresponsables padres, solo que se peleaban continuamente y gastaban su dinero en alcohol y drogas mientras abandonaban a su suerte a sus dos hijos. Probablemente, no hubiera sobrevivido a su infancia sin el cariño de su hermana mayor, que había tenido que cuidar de un niño de carne y hueso en lugar de una muñeca. No, él sería perfectamente feliz dejando el mundo sin descendientes. Y tampoco podía imaginarse deseando a una sola mujer durante el resto de su vida. Nikolai tuvo que contener un escalofrío. No, ese era un precio demasiado alto.

—¿En este caso? —lo animó ella.

–Te necesito a mi lado en Londres, sencillamente.

–Pero ya te he dicho que no puedes tenerme sin una alianza en el dedo. Yo tampoco quiero casarme contigo –admitió Prunella–, pero, si así hago feliz a mi familia, o al menos aseguro su estabilidad económica, estaría dispuesta a hacerlo.

–No, lo siento, pero es imposible. Yo me encargaré de tu familia –se limitó a decir Nikolai.

–¿Qué quieres decir con eso?

La cuestión era hasta dónde estaba dispuesto a llegar para castigar a Cyrus, pensó Nikolai. Una breve imagen de la dulce sonrisa de su hermana apareció en su cerebro, dejándolo inmóvil. No debería y no habría límites a su deseo de venganza. Si otros sufrían en el camino, ¿qué le importaba a él? No podía permitirse tener conciencia. Prunella era un peón en su juego, nada más.

–Le diré a tu familia que llevamos un tiempo saliendo y que ahora queremos vivir juntos en Londres –le explicó–. Tu padre no tendrá que preocuparse por sus deudas. De hecho, no tendrá el lujo de elegir...

–¿Crees que es un lujo para mí poder decidir ser tu amante? –lo interrumpió ella furiosa, la rabia sacudía su menudo cuerpo como un torrente ante esa indignidad–. ¡Pero si ya te he dicho que no!

–Y estás perdiendo mi tiempo y el tuyo. No puedes renegociar los términos solo porque no te gustan; no voy a dejar que lo hagas. No habrá una sola noche, ni tampoco un matrimonio –afirmó él con sequedad, sus facciones morenas resultaban formidables, los fabulosos ojos dorados refulgían como diamantes–. O vienes a Londres conmigo o me iré. Esa es la única opción que tienes.

La tensión y los nervios estaban empezando a marearla. Nikolai había rechazado su oferta y tuvo que agarrarse al respaldo de una silla para mantenerse en pie, mirándolo con el corazón en un puño. Era el momento que había intentado evitar desde que apareció con tan absurda proposición. El momento de apretar los dientes y soportar lo que fuera. La frente se le cubrió de sudor.

–Tu único interés debería ser la cancelación de las deudas –le recordó Nikolai, burlón–. Y aprender a hacer lo que se te pide.

Prunella arrugó la nariz.

–Si no estoy de acuerdo con algo, soy incapaz de hacer lo que me dicen que haga.

–Tendrás que aprender –insistió él con tono helado–. No aceptes la propuesta si no eres capaz de respetar las reglas.

–Tal vez podrías decirme cómo voy a respetar a un hombre que me desea, aunque sabe que yo no lo deseo a él –replicó ella con tono despreciativo.

–¿Sueles mentir cuando se trata de hablar de ti misma? –la retó Nikolai en tono bajo, peligroso, dando un paso adelante.

Prunella se encontró contra la puerta antes de tener la oportunidad de salir apresuradamente, como había sido su intención.

–No estoy mintiendo...

Nikolai puso la palma de la mano sobre la puerta, mirándola con expresión seria.

–Lo peor de todo es que sabes que estás mintiendo... pero a mí no me gustan esos juegos.

–Quiero irme.

–No hasta que yo diga que puedes hacerlo –dijo él, tan grande que era como un muro bloqueando el resto de la habitación y casi tapando la luz. Tanto era así que, por primera vez, deseó llevar zapatos de tacón para contrarrestar la diferencia de altura entre ellos.

Prunella levantó la barbilla en un gesto obstinado, con los ojos verdes echando chispas.

—Podría usar la rodilla para convencerte —le advirtió.

—¿Por qué ibas a dañar una parte de mí con la que esperas disfrutar? —la desafió Nikolai.

Ella tuvo que hacer un esfuerzo para no poner los ojos en blanco.

—Haría falta una avalancha para aplastar un ego como el tuyo, ¿verdad?

—Si fuese modesto me pisotearías con gran placer —Nikolai estaba hechizado por los preciosos ojos verdes en contraste con esa fina piel de porcelana—. Pero no es eso lo que quieres de mí, ¿verdad? Prefieres que te robe la libertad de elegir, así tienes una excusa para estar conmigo.

—¡No digas tonterías! —Prunella no se podía creer que fuese capaz de afirmar tal cosa—. ¡No quiero ni necesito ninguna excusa para estar contigo!

—*Ne*... sí la necesitas —insistió él, atrapándola contra la puerta—. Quieres excusas y persuasión, pero, desgraciadamente, no vas a conseguirlo de mí. Yo no soy así con las mujeres.

—Por fascinante que sea esta conversación para un hombre a quien le gusta escuchar el sonido de su propia voz, no estoy interesada.

—Voy a castigarte cada vez que mientas.

—¿Castigarme? —repitió ella, haciendo un gesto de sorpresa.

Nikolai se inclinó para tomarla en brazos, desconcertado por lo ligero de su peso. Sí, era menuda y delgada, pero pesaba muy poco para estar sana. Sin decir nada, atravesó la habitación para ir al dormitorio.

—Te gustará mi modo de castigarte.

—¿Qué estás haciendo? —exclamó Prunella, desconcertada.

—Sellando nuestro acuerdo.

–¿Qué acuerdo? –insistió ella, casi rebotando sobre la cama cuando la soltó sin ceremonias.

–El acuerdo de que seas mi amante –respondió él, saboreando esa palabra.

Prunella intentó levantarse de la cama, pero Nikolai se inclinó sobre ella, aprisionándola con la fuerza de su torso.

–Apártate. ¡Suéltame... ahora mismo!

–No me gusta que me griten –le advirtió él un segundo antes de apoderarse de su boca.

Y, por un momento, fue como si el mundo dejase de girar. Se quedó sin aliento, flotando en un lugar desconocido. El calor en su centro era como un arma invasiva. Nikolai se incorporó un poco, pero la mantuvo atrapada entre sus brazos y eso la irritó porque, por alguna inexplicable razón, le había gustado sentir el peso de su cuerpo. Le golpeó un hombro con el puño, pero era como una roca, inamovible.

Cuando deslizó la punta de la lengua dentro de su boca tembló violentamente, el calor que sentía entre las piernas era tan intenso que resultaba casi doloroso. Nikolai le mordió el labio inferior, tiró de él y lo lamió con la punta de la lengua. Y ella quería más, tanto que le dolía que se lo negara. Nunca había sentido algo así.

Nikolai metió una mano bajo su camiseta para tocar sus pechos, pequeños pero firmes, acariciando sus pezones, frotando y tirando de ellos hasta que sus caderas se levantaron como por voluntad propia y un gemido escapó de su garganta. Después, reemplazó los dedos con la boca. Prunella temblaba con cada roce de sus dientes y el calor que sentía entre los muslos se convirtió en un río de lava derretida. El deseo de liberarse hacía que se moviera por instinto y la quemazón era tan urgente, tan absolutamente imparable, que el clímax la dejó sollozando, buscando aliento y algo de cordura.

En un movimiento que lo tomó por sorpresa, Prunella saltó de la cama y tiró hacia abajo de la camiseta
con manos temblorosas. Su rostro ardía, rojo como la
grana, y temblaba de arriba abajo después de un or-
gasmo más poderoso que nada que hubiese experimentado nunca. Estaba histérica. Ni siquiera podía respirar
con normalidad. Cerró los ojos un momento, rogando
por encontrar un poco de calma.

Él podía hacer que lo desease. La había tocado, besado... y todo, incluida su orgullosa protesta de indiferencia, se fue al infierno. Su cuerpo ardía como un incendio sin control cuando estaba con él, y esa era una
razón más para odiarlo.

Nikolai la miraba con la boca seca, luchando contra
su rabiosa libido. Le dolía, literalmente. Quería volver a
tenerla en la cama, debajo de él, para hundirse en su
dulce y ardiente cuerpo... y la intensidad de ese deseo
hizo que sintiera un escalofrío de aprensión. A él no le
gustaban las situaciones tan intensas que no era capaz de
controlar. No se excitaba tanto con el sexo. No mantenía
relaciones exclusivas y se alejaba de cualquier complica-
ción. La venganza y el trabajo eran lo único que lo moti-
vaba. Nunca, jamás, había necesitado otra cosa. Nunca
había necesitado a una mujer y si dependía de él seguiría
siendo así siempre.

–Me marcho –anunció ella mientras luchaba con uñas
y dientes para recuperar la compostura. Pero seguía
temblando, un estremecimiento de excitación sacudía su
traidor cuerpo. No quería cuestionar esa falta de control
tan inopinada, no quería pensar en algo tan humillante
en su presencia.

Nikolai se levantó de un salto y empezó a meterse
los faldones de la camisa dentro del pantalón.

–Voy contigo.

–¿Dónde? ¿Qué piensas hacer?

–Organizar tu llegada a Londres.

–¡No te atrevas a acercarte a mi familia! –le advirtió Prunella–. Eres un extraño para ellos.

–Pero no lo seré durante mucho tiempo –aseguró Nikolai, tomando su chaqueta.

–No sabes lo que dices. No son tontos y no se van a creer que he estado saliendo con un hombre en secreto –replicó ella, desdeñosa.

Nikolai enarcó una fina ceja negra.

–La gente cree lo que quiere creer y será un alivio para ellos que hayas empezado a vivir otra vez.

Prunella apretó los labios.

–No sé de qué estás hablando.

–Yo tampoco soy tonto. Tú eres una mujer y la mayoría de las mujeres tienen tendencia al melodrama. Seguro que juraste no volver a amar nunca tras la muerte de tu prometido. Seguro que te has agarrado a tu dolor como si fuera una manta de seguridad desde entonces –afirmó Nikolai.

Prunella, pálida como un fantasma, lanzó sobre él una mirada de odio.

–¿Cómo te atreves a meter a Paul en esto? ¿Cómo sabes nada sobre él?

–Sé lo suficiente sobre ti como para imaginarme algunas cosas.

–Pues te equivocas –le aseguró ella. Pero estaba mintiendo porque, aunque jamás lo admitiría, tenía razón. De hecho, tanta razón que era humillante. Había jurado no volver a amar a nadie, no volver a salir con ningún hombre tras la muerte de Paul. Su dolor era tan grande que había dicho cosas autodestructivas, carentes de sentido común. Pero lo último que necesitaba en ese momento era que Nikolai Drakos la acusara de haber hecho teatro buscando simpatía y atención.

–De modo que, naturalmente, tu familia estará encantada al pensar que quieres rehacer tu vida y pasarán por alto cualquier inconsistencia en esta historia. Querrán que lo nuestro sea real –anunció Nikolai con una sonrisa irónica–. Solo tendrás que fingir que te hace feliz mudarte a Londres para estar conmigo.

Algo parecido al pánico asaltó a Prunella, que no podía respirar. ¿Fingir que era feliz? No sabía si podía hacer eso. La vida había sido tan difícil para ella en los últimos años que no había tenido muchas oportunidades de serlo, pero había aprendido a sonreír por su familia. Mudarse a Londres, a un sitio que no le resultaba familiar, y tener intimidad con un hombre como Nikolai Drakos, la intimidaba. Pero, si no aceptaba sus demandas, la vida de su familia quedaría arruinada para siempre. Y después de los problemas que su padre y su abuela habían tenido que sobrellevar, ¿cómo iban a soportar el golpe de perder la casa a su edad?

Casi tres horas más tarde, Prunella dejó que su abuela la llevase a la cocina para tener una «conversación privada». Lo hizo con desgana porque quería escuchar la conversación de Nikolai con su padre en el saloncito que solía usar como despacho. Las voces de los hombres subían y bajaban, el tono firme de Nikolai prevalecía calmando las objeciones de su padre.

–Quiero que Prunella sea feliz y no será feliz si está eternamente preocupada por su familia –estaba diciendo Nikolai en ese momento.

Prunella palideció. Estaba diciendo lo que debía decir y usando las expresiones adecuadas, pensó amargamente. Era evidente que estaba acostumbrado a mentir y que era capaz de controlar una situación que haría salir corriendo a cualquier otro hombre. En realidad, era digno de ver. Nikolai había llegado cuando estaban

terminando de cenar y se había unido a ellos para tomar
té y tarta de zanahoria. Tomando su mano, les contó
que llevaban meses saliendo juntos en secreto, desde que
se conocieron esa noche, en la fiesta en la que ella apar-
caba coches. Había sido muy convincente, muy persua-
sivo, y Prunella no tenía la menor duda de que pronto
aplastaría las protestas de su padre y lo convencería
para que aceptase que sus deudas quedaban canceladas.

–¿Sabes qué me ha sorprendido más de todo esto?
–le preguntó su abuela, interrumpiendo sus pensamientos–. Que Nikolai sea tan diferente de Paul. Él es un
hombre de carácter.

Prunella metió los platos en el lavavajillas con los
labios apretados. Su abuela era una mujer muy tradicio-
nal. Le gustaban los hombres que podían cazar un oso
antes del desayuno y dejar un árbol reducido a una pila
de leña para la chimenea a la hora de la cena. El desin-
terés de Paul en esas cosas típicas de hombres siempre
había dejado perpleja a su abuela. Le caía bien y lo
trataba como a un hijo, pero nunca lo había entendido,
tuvo que admitir Prunella con cierto pesar.

–Nunca pensé que te gustaría un hombre como Nikolai. Pero, por supuesto, es guapísimo y está claro que ha
tenido éxito en la vida. ¿Estás segura de que sabes dónde
te estás metiendo, hija? –le preguntó entonces–. Sé que
vivir juntos antes de casarse es algo habitual en nuestros
días, pero me ha extrañado un poco que no se haya hablado de compromiso o de futuro.

–Primero vamos a ver cómo va todo. Puede que sea-
mos demasiado diferentes y la relación no funcione
–comentó Prunella, dando la primera pista sobre su
eventual ruptura con Nikolai–. ¿Quién sabe? No hemos
tenido muchas oportunidades de estar juntos.

–¿Por qué no nos habías hablado de él? –le preguntó
su abuela por tercera vez–. ¿Te damos miedo, hija?

–No, claro que no, pero sé que dije muchas tonterías tras la muerte de Paul.

–Estabas dolida, es natural –le aseguró ella–. Solo quiero estar segura de que no te lanzas a esto sin pensarlo bien. Vas a poner tu vida patas arriba por Nikolai... aunque me ha gustado que diga que puedes volver a la universidad para terminar la carrera.

Si quería impresionar a su familia, Nikolai había conseguido dar en la diana, tuvo que reconocer Prunella. Los había conquistado. Su padre y su abuela lo miraban con arrobo mientras él los enredaba con mentiras. Fingía estar enamorado de ella con tanta naturalidad que la había asustado. No lo había dicho con palabras, pero su comportamiento había convencido a su padre y su abuela de que le importaba de verdad y solo pensaba en su felicidad.

–Es justo lo que tú necesitas –dijo su abuela entonces–. Empezar de nuevo en otro sitio. Pero sospecho que esto va a ser una gran sorpresa para Cyrus.

–Sí, me imagino que sí –asintió Prunella, pensando que también había sido una sorpresa para ella, aunque no podía decirlo en voz alta.

–No sospechas nada, ¿verdad? –su abuela hizo una mueca–. No creo que Cyrus te vea solo como la exprometida de Paul. De hecho, creo que tiene un gran interés por ti.

Prunella torció el gesto, sorprendida.

–No, te equivocas. ¿Cómo se te ha ocurrido tal cosa?

–Ah, entonces no te interesa en absoluto –su abuela dejó escapar un suspiro de alivio–. Durante un tiempo me preocupaba que te halagasen sus atenciones.

–No ha habido atenciones hacia mí –la contradijo ella, a la defensiva.

–Las flores, los almuerzos, esa subasta benéfica a la

que quiso que lo acompañaras. O que te pidiera que pasaras por su casa mientras él estaba de viaje...

–Para empezar, Cyrus solo me ha enviado flores en una ocasión y la subasta fue un favor especial. Solo hemos comido juntos un par de veces para charlar un rato tras la muerte de Paul –protestó Prunella–. Y que me pidiera que pasara por su casa cuando tiene un ama de llaves que vive allí fue una tontería. Creo que estaba asustado por los robos que hubo el año pasado, no sé. De verdad, abuela, Cyrus nunca ha dicho o hecho nada que me haga pensar que me ve como algo más que la exprometida de su sobrino y una amiga de la familia.

–Pues yo creo que no te has fijado bien. No me gusta cómo te mira y no quise que tu padre le pidiera un préstamo porque temía que se aprovechase de ello –le confesó la anciana con gesto preocupado.

Si Prunella hubiera estado de humor habría soltado una carcajada ante la ironía de la situación. Evidentemente, había malinterpretado las intenciones de Cyrus y desconfiaba de él. Y, sin embargo, había recibido a Nikolai Drakos con los brazos abiertos.

–¿Prunella? –la llamó él desde el pasillo.

A regañadientes, se acercó a la puerta de la cocina y Butch corrió tras ella para colocarse a los pies del invitado. Desde el momento que apareció, el perrito se había mostrado incomprensiblemente enamorado de él y buscaba su atención a toda costa.

–Acompáñame a la puerta. Tengo que volver al hotel y empezar a organizarlo todo. Ese animal está loco –comentó, pisando con cuidado para no atropellar a su acompañante canino.

–¿Qué tienes que organizar? –inquirió ella, preguntándose por qué Butch no intuía la hostilidad de su dueña hacia su nuevo ídolo.

–Todo lo necesario para que te mudes a mi casa

–respondió él, abriendo la puerta con una mano grande, poderosa, para salir al fresco aire de la noche.

Cuando Prunella le cerró la puerta en las narices a Butch, el perrito empezó a ladrar, molesto.

–Crees que has ganado, ¿verdad? –le preguntó en voz baja en cuanto estuvieron solos.

Nikolai se dio la vuelta, con los ojos dorados tan brillantes como antorchas y una sonrisa de satisfacción elevando sus sardónicos labios.

–Sé que he ganado y tú deberías estar contenta. Todo el mundo está contento.

–Todos menos yo –replicó Prunella, cortante.

–Te haré feliz. Tendrás vestidos preciosos y joyas fabulosas –le aseguró él, poniéndole una mano en la espalda para apretarla contra su torso mientras se apoyaba en su espectacular deportivo.

Ella se apartó con un gesto de desprecio, con los ojos verdes tan brillantes como el jade.

–Esas cosas no me harán feliz.

–Entonces, ¿qué tal un sexo fabuloso? –susurró Nikolai, abrazándola.

No podía dejar de tocarla. No podía dejar de notar cosas de ella... cómo se ruborizaba, por ejemplo. Prunella se ruborizaba y, por alguna razón, él disfrutaba provocando ese efecto mientras seguía sorprendiéndose de su inocencia. ¿Cómo podía haber estado prometida y seguir siendo tan ingenua? Su prometido había estado enfermo, pero habían sido pareja durante años. Debía de haber sido una relación muy particular, pensó, sinceramente sorprendido.

Él sabía que era una mujer apasionada porque se había derretido entre sus brazos... y esa respuesta había sido increíblemente excitante. Desde luego, hacía años que no encontraba el sexo tan apasionante. En una escala del uno al diez, su deseo por Prunella empezaba a superar el límite y eso le resultaba incómodo. Recordarla en la cama, temblando, gimiendo de placer, con los preciosos ojos verdes clavados en él, se quedaría en su memoria para siempre. No creía haber deseado a una mujer tanto como la deseaba a ella y eso le preocupaba. ¿Lo suficiente como para detener aquella farsa?

Estaba prometiéndole un sexo fabuloso, pensó Prunella, exasperada. Nikolai era un hombre irritantemente seguro de sí mismo y de sus habilidades en la cama. Y tal vez con derecho, tuvo que admitir cuando su cuerpo se movió hacia delante como por voluntad propia, atraído por su dominante carisma.

Nikolai le trazó el labio inferior con la punta de la lengua para después deslizarla en su boca cuando un gemido escapó de sus labios entreabiertos. La aplastaba contra la carrocería del coche con su poderoso cuerpo y todas sus células parecieron despertar a la vida. Estaba ardiendo y experimentó una inusitada punzada de descarnado deseo en el centro de su ser. Su boca era lo único que le importaba. No se cansaba de él y estaba convencida de que no se cansaría nunca. La prueba del ardiente deseo masculino rozaba su vientre y disfrutaba sabiendo que Nikolai Drakos la deseaba y no podía ocultarlo.

Deseaba a aquel hombre, tuvo que reconocer, tan sorprendida que se quedó rígida de repente. No era un hombre al que amase o respetase, ni siquiera le gustaba. Pero ejercía una atracción primitiva sobre sus sentidos que solo podía comparar con el absurdo deseo de poner una mano en el fuego. Pero ¿por qué era tan crítica consigo misma? ¿No era normal, incluso natural, que la parte física de su naturaleza, que había tenido que contener durante tanto tiempo, por fin exigiera ser liberada? Y él era magnífico...

Nikolai se apartó, respirando con dificultad. Prunella lo hacía sentirse como un adolescente con su primera chica. Eso lo irritaba y hacía que quisiera levantar una barrera defensiva para controlar cada pensamiento y cada reacción. Prunella lo hacía perder la cabeza, destrozaba su autocontrol, y él no quería eso.

–Estaremos en contacto –se despidió, intentando disimular su contrariedad.

Prunella dio un paso atrás, con las piernas temblorosas, y lo observó mientras se alejaba. Se había despedido como si no hubiera pasado nada, sin mostrar emoción alguna, con los ojos velados por unas pestañas increíblemente largas. Y su tono había sido helado.

¿Estaba a punto de cometer el mayor error de su vida? ¿O de hacer el mayor descubrimiento? Ella tomaría esa decisión, se dijo, no él. Desearlo no iba a convertirla en una marioneta. Era lo bastante inteligente como para entender que lo que sentía no tenía nada que ver con el amor o el cariño. No dejaría que le rompiese el corazón. No dejaría que la utilizase. Al contrario, sería ella quien lo utilizase.

Y, si Nikolai pensaba lo contrario, iba a llevarse una gran sorpresa.

# Capítulo 4

PRUNELLA tuvo que disimular un bostezo mientras le arreglaban las uñas porque estaba aburridísima. Un coche había ido a buscarla esa mañana para llevarla a Londres. Despedirse de su familia había sido duro, pero saber que la casa estaba asegurada y que su padre ya estaba haciendo planes para arreglar el despacho y trabajar desde allí como contable había calmado un poco su angustia. Había hecho lo que debía, se dijo. Estaba haciendo lo que debía.

En cuanto llegaron a Londres quedó claro que Nikolai ya había planeado al detalle sus actividades. El chófer la había dejado a ella en el salón de belleza para llevarse sus maletas, y a Butch, a la casa en la que, aparentemente, iba a vivir.

Habían pasado horas desde que llegó al exclusivo salón, donde la atendían como si fuera una reina, envolviéndola en olorosas toallas y, en general, tratándola como si fuera una muñeca de porcelana. Por el momento no había un solo centímetro de su piel que no hubiera sido atendido, cuidado y mejorado. Había sido depilada, tonificada y pulida a la perfección. Le habían lavado y cortado el pelo, que en ese momento caía en sedosas ondas sobre sus hombros.

En su oficina, al otro lado de la ciudad, Nikolai no podía concentrarse. Prunella estaba cerca, en su casa.

Él no había vivido nunca en la casa de su abuelo y ella viviría allí sola porque no tenía intención de abandonar su apartamento.

Pero su plan estaba en marcha. Esa misma noche, Cyrus Makris estaría de vuelta en Londres para acudir a la cena anual de una asociación benéfica en la que Nikolai tenía un particular interés. Cyrus, por supuesto, era un generoso benefactor que aportaba dinero a varias organizaciones cuyo objetivo era proteger y ayudar a las víctimas de abusos. El muy hipócrita. Su buena reputación era fundamental para él porque sería su primera línea de defensa. Pero no iba a conseguir a Prunella, pensó Nikolai, sintiéndose satisfecho.

Un hombre mayor con chaqueta negra y corbata abrió la puerta de la imponente casa.

–Señorita Palmer... entre, por favor. Soy Max, el ayudante del señor Drakos. Yo me encargo de todo aquí.

Prunella entró en un sorprendentemente oscuro y abigarrado vestíbulo y miró alrededor con cara de sorpresa. Había pensado que Nikolai viviría en un sitio más moderno, pero tuvo que poner los ojos en blanco al ver la cantidad de figuritas y adornos que había por todas partes. En cuanto a decoración, el tiempo en aquella casa se había detenido en la época victoriana.

–A mi antiguo jefe, el abuelo del señor Drakos, no le gustaban los cambios –le explicó Max–. Esta era originalmente la casa de su mujer y la mantuvo exactamente igual tras su fallecimiento. Se enfadaba mucho cuando cambiábamos algo de sitio.

–Pero con tantísimas cosas... ¿cómo podía darse cuenta de que habían cambiado algo de sitio? –exclamó Prunella, mirando alrededor con asombro.

–Como su nieto, el señor Drakos era un hombre inteligente y muy observador –respondió Max–. Permítame que la acompañe a su habitación.

–¿Dónde está Butch... mi perro?

–Acompáñeme, por favor.

Max la llevó a una habitación con suelo de baldosas. Una terrier de aspecto descuidado y grandes orejas estaba tumbada en la alfombra, con Butch a su lado. Era dos veces más grande que Butch, pero su perrito no mostraba ningún miedo.

–¡Caray! –Prunella sonrió cuando Butch se lanzó sobre ella con los ojitos brillantes de emoción. Su compañera se sentó tranquilamente y emitió un ladrido poco entusiasmado antes de volver a tumbarse.

–Es la perra del señor Drakos, Rory. Oficialmente se llama Aurora. Butch le ha caído bien de inmediato y no se separa de él. Parece que disfruta teniendo compañía.

–No sabía que el señor Drakos tuviese un perro.

–Rory viaja a menudo con él. Venga conmigo, la acompañaré a su habitación –Max señaló la elegante escalera.

La cama que había en la espaciosa habitación era nueva, notó con alivio, pero los elaborados muebles de caoba eran tan antiguos como los del piso de abajo. Max abrió una puerta para mostrarle un moderno cuarto de baño y Prunella sonrió.

–Esta debe de ser una mejora reciente, ¿no?

–Cuando hubo que reformar la instalación eléctrica y las cañerías, el señor Drakos aprovechó para instalar modernos cuartos de baño y reformar la cocina. El resto de la decoración está esperando a la nueva señora de la casa –le explicó Max, con un gesto de complicidad que hizo tragar saliva a Prunella.

Al parecer, el hombre había malinterpretado su papel en la vida de Nikolai y pensaba que estaba destinada a convertirse en su esposa, la señora de la casa. Y eso estaba tan lejos de la verdad que casi le daban ganas de reírse.

Max subió sus maletas a la habitación y, unos minutos después, reapareció con un precioso vestido largo en una funda protectora, y varias bolsas y cajitas de joyas.

–Lo envía el señor Drakos –le explicó–. Ha llamado para decir que vendrá a buscarla a las siete.

Prunella enarcó una ceja, pero no dijo nada. Cuando Max salió de la habitación levantó el teléfono y llamó a Nikolai.

–¿Vamos a salir esta noche?

–Sí, voy a llevarte a una cena de gala. He enviado un vestido, accesorios y joyas para que te los pongas. ¿No los has recibido aún? ¿Max no te ha dicho que he llamado?

–Sí, pero deberías haberme llamado tú.

Nikolai apretó su boca dura, sensual. Esa era la razón por la que no mantenía relaciones sentimentales. No quería discusiones, expectativas o enfados que le estropeasen el día.

–He estado muy ocupado –respondió con sinceridad.

–¿Y cuándo me has comprado el vestido?

–Esta es tu nueva vida, Prunella. Habrá muchos cambios, acostúmbrate.

Molesta por tan desconsiderada respuesta, ella cortó la comunicación y bajó la cremallera de la funda para sacar un vestido de diseño. Sin mangas y de estilo más bien discreto, era de seda blanca con bordados en oro que brillaban bajo la lámpara. Era lo que cualquiera hubiese descrito como un vestido digno de una princesa y, en realidad, le sorprendía su buen gusto. Había esperado que fuese de color rosa y con mangas de farol o algo así. ¿Era aquello lo que las amantes llevaban esa temporada? Supuestamente, algo sexy y negro con un escote tremendo sería más apropiado. Claro que ella tenía poco que enseñar en ese aspecto, pensó, sintiendo que le ardían las mejillas al reconocer que había aceptado ser la amante de Nikolai.

Cuando miró la ancha cama, con su inmaculado edredón blanco, dejó escapar un gemido. La indecisión estaba partiéndola en dos. Se sentía como si ya no se conociese a sí misma porque, por un lado, estaba emocionada ante la idea de compartir esa cama con Nikolai, mientras que, por otro, estaba sorprendida y asustada. ¿Cuál de esas dos mitades era la verdadera Prunella? En ese momento no podría responder.

¿Podía hacerlo? ¿Podía acostarse con un hombre solo por el sexo sin que eso la afectase? Lo deseaba, ¿no? El nudo de angustia de su pecho se disolvió cuando aceptó esa realidad. Nikolai la había obligado a tomar una decisión difícil, pero lo que hiciera a partir de ese momento dependía de ella.

Y, si estaba a punto de convertirse oficialmente en su amante, no tenía mucho sentido portarse como si se sintiera avergonzada. Su familia estaba segura de nuevo y lo agradecía. Utilizaría a Nikolai como una experiencia, se dijo con firmeza. No sentiría nada por él, nada en absoluto. Cuando todo terminase volvería a su vida como si no hubiera pasado nada. Por eso era tan importante retomar su carrera, así tendría unos fundamentos sólidos sobre los que forjarse un futuro y eso le daría algo importante en lo que concentrarse.

Mientras pensaba en todo eso abrió una de las cajitas de joyas y parpadeó, asombrada, al ver un fabuloso collar de esmeraldas y diamantes. Era evidente que Nikolai quería lucirla como un caro trofeo, el juguete de un hombre rico. Pero... ¿por qué?

Había pensado que para él solo era sexo, pero en lugar de intentar aprovecharse inmediatamente la llevaba a un acto público. Eso no tenía sentido. Él no tenía sentido. Nada de lo que hacía lo tenía. ¿Por qué demonios se había fijado en ella precisamente? ¿Solo porque estaba disponible en el momento justo y por un precio que estaba dispuesto a pagar? ¿O porque de verdad la deseaba desde el día que la conoció y haría cualquier cosa para tenerla?

Prunella se mordió los labios. Ella sabía qué opción prefería, por supuesto. La propuesta de Nikolai, su absoluta determinación de tenerla en su cama a cualquier precio, era extrañamente halagadora para una mujer cuyo prometido se había resistido siempre a sus encantos.

Tragó saliva mientras se dirigía a la ducha, con los ojos empañados al recordar a Paul.

–No tiene que ser perfecto –le había dicho una vez–. En fin, sé que no será perfecto la primera vez y eso no me importa.

Desgraciadamente, era evidente que a Paul le había importado mucho.

Sin embargo, el sexo tampoco sería perfecto con Nikolai Drakos, razonó intentando apartar de sí los recuerdos. Nikolai no esperaría algo perfecto, pero algo le decía que él haría perfectas sus imperfecciones. Era un hombre complejo, pero parecía capaz de adaptarse. Y, si no hubiera elegido un vestido y unas joyas para ella, y se hubiese asegurado de que pasaba el día en un salón de belleza, habría jurado que la imagen no era tan importante para él. En fin, Nikolai quería que mostrase su mejor cara esa noche, ¿y por qué no iba a hacerlo?

Nikolai se detuvo en el pasillo cuando Prunella empezó a bajar la escalera con la cautela de una mujer que llevaba tacones altos. La lámpara de araña que refulgía sobre su cabeza daba a su pelo un brillo metálico, destacando el profundo color bronce y lo radiante de su piel. El vestido y los zapatos de tacón estilizaban su figura, dándole forma, y el collar de esmeraldas y diamantes, con pendientes a juego, resaltaba aún más sus hermosos ojos verdes.

Sin poder evitarlo, esbozó una sonrisa de satisfacción. Estaba deseando que empezase la noche. Sería un duro golpe para Cyrus ver a la mujer a la que deseaba con su mortal enemigo. Y ese era su objetivo, se recordó a sí mismo. Golpear a Cyrus era el objetivo, no llevarse a Prunella a la cama.

Pero tenerla en su cama... saborear esa fina piel blanca, jugar con sus pequeños pechos y hundirse en ella tan profundamente que no supiera dónde empezaba o dónde terminaba. Las eróticas imágenes chisporroteaban en su cerebro, interrumpiendo cualquier pensamiento racional. El deseo hizo latir el pulso en su entrepierna hasta que era casi imposible contenerlo y tuvo que apretar los dientes mientras intentaba luchar contra esa reacción porque no era así como debería ser.

Cuando llegó al último escalón, Prunella se encontró con la ardiente mirada dorada y su corazón empezó a latir como loco dentro de su pecho, con todos sus sentidos encendidos. Era tan guapo que casi le dolía mirarlo. El denso pelo negro, los altos pómulos, la sombra de barba oscureciendo el duro mentón y los maravillosos, sensuales labios. Sorprendida por esa reacción, contuvo el aliento mientras salían de la casa para subir a la limusina que los esperaba en la puerta.

—Sé que esta era la casa de tu abuelo. ¿Cuándo murió? —le preguntó Prunella.

Nikolai carraspeó, incómodo.

—Hace cinco años.

–¿Y teníais una relación muy estrecha?

–No, nunca lo conocí.

–¿Nunca? –repitió ella, sorprendida–. Y, sin embargo, te dejó su casa.

–Y su vasto imperio. No era un hombre sentimental, pero tener un heredero de su propia sangre era importante para él –le contó Nikolai a regañadientes. Odiaba el tema, pero era demasiado orgulloso como para admitir cuánto le había dolido su indiferencia.

El viejo había pagado su educación y gracias a eso había podido avanzar en la vida, debía reconocer. Tristemente, su abuelo no había sido igualmente generoso con su hermana, Sofia, porque su único interés era su nieto varón. Aún le pesaba en la conciencia saber que su única hermana había tenido que dejar el colegio para ponerse a trabajar en Atenas para sobrevivir. Y también lamentaba haber conseguido demasiado tarde la herencia que le hubiera permitido proteger a la joven que había sido para él más una madre que una hermana. Sofia había muerto antes de que pudiera expresarle su gratitud o mostrarle su cariño porque de adolescente había sido egoísta y desconsiderado, dando por sentado el amor y la abnegación de su hermana, que vivía en Atenas mientras él vivía en Inglaterra, donde empezó a trabajar cuando salió del internado.

–Qué extraño –comentó Prunella. Pero había notado que Nikolai no quería seguir hablando del asunto y decidió guardar silencio.

–Esta noche, si te hacen preguntas indiscretas sobre nuestra relación, no respondas. Nos conocimos el año pasado y ahora estamos juntos. Eso es todo lo que deben saber.

Lo que Nikolai había dicho era más o menos lo que ella misma sabía, de modo que sería imposible traicionar secreto alguno. ¿Y había algún secreto? Ah, sí, sentía en los huesos que lo había. Pero preguntar estaba prohibido porque solo estaba con él por su familia, se recordó a sí misma. No iba a involucrarse en su vida o en sus secretos. Y tampoco iba a interesarse por sus preferencias o sus estados de ánimo. Se mantendría distante, tanto como él. En esas circunstancias, esa era su única defensa.

–¿Lo has entendido? –le preguntó Nikolai, rompiendo el silencio.

–Por supuesto –respondió ella, haciendo el gesto de ponerse una cremallera en la boca–. No te preocupes, cotillear no es mi estilo.

Nikolai la estudió, sorprendido. Con ese brillo burlón en los ojos, la barbilla levantada en un gesto orgulloso y esa media sonrisa tenía un aspecto radiante.

–Estás preciosa –dijo sin pensar.

Desconcertada, y secretamente halagada, Prunella giró la cabeza para mirar la ciudad por la ventanilla de la limusina. A la luz de las farolas los ojos de Nikolai habían vuelto a ser de ese color caramelo derretido que tanto le gustaba y empezaba a sentir mariposas en el estómago. ¡Mariposas, como si fuese una colegiala!, se regañó, disgustada consigo misma. ¿Su lado más ingenuo estaba haciendo planes románticos?

Sí, Nikolai Drakos la deseaba, pero solo durante un tiempo. No quería quedarse con ella. No quería conocer sus preocupaciones o compartirlas. El sexo sería superficial, pasajero. Tenía que ser sensata o acabaría con el corazón roto porque Nikolai era un hombre terriblemente atractivo y misterioso; y eso lo hacía aún más interesante.

Cuando bajaron de la limusina, Nikolai le puso una mano en la espalda. Estaba rígida, tan tensa como él.

–Por cierto, puede que te encuentres con tu viejo amigo Cyrus Makris esta noche.

Prunella torció el gesto.

—Cyrus aún no ha vuelto de China.

—Ha vuelto —la contradijo Nikolai—. Pero si está aquí esta noche no quiero que te dirijas a él.

Sorprendida por esa orden, Prunella se dio la vuelta para mirar las oscuras y duras facciones.

—Pero...

—No discutas. Ahora estás conmigo y no quiero que hables con él, así de sencillo —insistió Nikolai con tono seco.

—Pero eso no es justo.

—Nunca he prometido que fuera a ser justo —murmuró él, impaciente.

En ese momento, una mujer mayor con un vestido de lentejuelas se acercó para saludarlo con entusiasmo. Nikolai parecía conocer a todo el mundo y Prunella tuvo que hacer un esfuerzo para recordar todos los nombres.

Estaban tomando una copa antes de la cena cuando una joven subió al estrado para hablar sobre las víctimas del maltrato doméstico. Cuando terminó el discurso, Nikolai había iniciado una conversación con dos hombres y Prunella salió del salón para ir un momento al lavabo.

Y fue entonces cuando por fin vio a Cyrus, que cruzó el vestíbulo a toda prisa para interceptarla. Era más bajo, más delgado que Nikolai, rubio y de ojos azules, con canas en las sienes.

—Prunella... no podía creer que fueras tú. ¿Qué haces aquí?

Ella se ruborizó, incómoda ante la intensidad de su mirada.

—Había pensado llamarte, pero no he tenido tiempo.

—Tu abuela me dijo que estabas en Londres, pero no tenía tu dirección.

–Aún no he tenido oportunidad de llamarla. He llegado hoy mismo –explicó ella, incómoda, forzada a detenerse cuando Cyrus la tomó con fuerza por la muñeca–. He conocido a un hombre, Cyrus.

–¿Cómo es posible? Pero si apenas sales.

–Tú siempre me decías que debería salir más –le recordó ella.

–¡No para buscar otro hombre! –exclamó Cyrus, furioso–. ¿Quién es?

–Nikolai Drakos. Es un...

Cyrus aflojó la presión en su muñeca y dejó caer la mano, frunciendo el ceño en un gesto de incredulidad.

–¿Estás en Londres con Drakos?

Prunella asintió con la cabeza, viendo cómo un extraño rubor se extendía por el rostro del hombre, que apretaba los labios hasta que se volvieron blancos.

–Tenemos que hablar de esto. ¡Drakos es un canalla con las mujeres! Es famoso por ello. ¿Cómo lo has conocido?

–Prunella...

La voz era fría como el hielo, pero ella la conocía casi tan bien como la suya propia. Un escalofrío recorrió su espina dorsal mientras se volvía para ver a Nikolai a unos metros de ellos, fulminándola con la mirada.

–Tengo que ir al lavabo –murmuró antes de darse la vuelta.

Cyrus se alejó tan rápido como le era posible. Nunca había querido hacerle frente, nunca había dejado que tuviese la oportunidad de enfrentarse con él. Era una comadreja, brutal con los más débiles, pero un cobarde con otros hombres, pensó Nikolai.

–Vaya, qué escena. Cyrus está desolado –comentó una mujer mayor que acababa de acercarse–. Solo han pasado un par de semanas desde que te envié ese correo. Veo que te mueves muy rápido.

—Así es, tengo a la chica —asintió Nikolai—. ¿Eso te hace feliz, Mariska?

—Ver sufrir a mi hermano siempre me hace feliz —admitió ella, sus ojos oscuros eran más fríos que los de Nikolai—. Eres un héroe, así que puedes darte una palmadita en la espalda. Has salvado a esa chica del repugnante plan que Cyrus tuviese preparado para ella. No creo que haya suficiente dinero en el mundo que pueda compensar a una mujer por lo que representaría una vida con Cyrus Makris.

Mientras esperaba el regreso de Prunella, Nikolai tuvo que reconocer que no se sentía heroico. Una rabia fiera se había apoderado de él al ver a Cyrus tocando a Prunella, apretando su muñeca como el viejo verde que era. Casi había olvidado dónde estaba y había tenido que hacer un esfuerzo para no lanzarse sobre él. Y eso lo perturbaba.

¿Por qué estaba tan furioso? Se había acostumbrado a ignorar a Cyrus en las raras ocasiones en las que se encontraban y él se lo ponía fácil evitándolo. Pero, por alguna razón, ver a Prunella tan cerca de él lo había encolerizado. ¿No le había advertido que no debía hablar con él? ¿No estaba dispuesta a hacerle caso? ¿Dónde estaba su instinto de conservación? Airado como nunca, Nikolai apretó los dientes para intentar controlarse.

Sabía que no era ningún héroe. Un héroe de verdad hubiera salvado a su hermana. Su abyecto fracaso en ese asunto lo había dejado desolado. Lo entendía, lo aceptaba, sabía que no había vuelto a sentir nada tras la muerte de Sofia.

Y no quería sentir nada porque el amor era una debilidad y convertía a la gente en una presa fácil.

# Capítulo 5

**P**RUNELLA se miró en el espejo del lavabo. Le temblaban las manos y le dolía la muñeca, que Cyrus le había apretado con demasiada fuerza. En cuanto vio lo enfadado que estaba recordó la advertencia de su abuela. Un viejo amigo podría haberse mostrado molesto por no saber nada sobre su nueva vida en Londres, pero Cyrus estaba furioso, incrédulo. En el pasado le había sugerido muchas veces que saliera más, pero no para buscar otro hombre, había dicho un momento antes, fuera de sí.

De repente, todo lo que había creído saber sobre Cyrus parecía una mentira. Pero tenía que estar equivocada, no podía ser.

Preocupada, recordó la historia de su relación. Antes de que le diagnosticasen la enfermedad, Paul le había pedido trabajo a Cyrus en una de sus empresas.

—Estoy intentando que me ayude porque es mi tío, ¿por qué no iba a hacerlo? —había replicado, a la defensiva, cuando le preguntó—. Mi madre era hija de un griego muy rico, pero fue rechazada por la familia al casarse con mi padre porque era británico y pobre. Cyrus es hermano de mi madre y espero que no tenga tantos prejuicios como su padre.

Prunella estaba con él la primera vez que fue a ver a su tío y Cyrus le había dado trabajo. Más tarde, los había invitado a los dos a su casa de campo y había prometido apoyarlo cuando cayó enfermo. Y no los había defraudado, había cumplido su palabra. Sí, Cyrus se había mostrado diferente con ella esa noche, pero tal vez había alguna excusa para su comportamiento. Era un amigo, pero ella no lo había tratado como a tal. Podría haberle contado que iba a vivir en Londres con Nikolai, pero no lo había hecho porque él insistía en que nadie aparte de su familia y Rosie debían saberlo.

Prunella volvió al lado de Nikolai y en unos minutos estuvieron sentados a la mesa. No hubo oportunidad de mantener una conversación privada, pero su serio perfil y su tono seco dejaban claro que estaba enfadado. El resto de la noche le pareció un incómodo borrón. Le había dicho que no hablase con Cyrus y ella lo había desobedecido. Pero ¿cómo iba a negarle la palabra al hombre que había encontrado un apartamento para Paul cerca del hospital en el que recibía tratamiento? ¿El hombre que lo había acogido en su casa y contratado una enfermera para cuidarlo mientras estaba muriéndose? ¿El hombre que había estado a su lado cuando Paul había exhalado su último aliento? Se le empañaron los ojos al recordarlo.

Cyrus había dicho que Nikolai era un canalla con las mujeres, y famoso por ello. ¿Y la inmoral opción que le había ofrecido no era la prueba de que decía la verdad? Su cuerpo a cambio de la seguridad y la felicidad de su familia. Pero ella había aceptado y se había prometido a sí misma no montar un drama.

¿Dónde la dejaba eso?, se preguntó, sintiéndose impotente.

—Estás enfadado conmigo —dijo por fin para romper el insoportable silencio que reinaba en el interior de la limusina.

–Hablaremos de ello cuando estemos en casa –respondió él con sequedad, arrellanándose en el asiento.

Prunella había desafiado sus órdenes y lo miraba con gesto obstinado, levantando la delicada, pero decidida barbilla. Y, maldita fuera, eso hacía que la desease más que nunca. ¿Cómo era posible cuando estaba desafiándolo a cada momento? Era irracional y él no era un hombre irracional. Por supuesto, podría contarle la verdad sobre Cyrus, pero seguramente no se lo creería porque él conocía una faceta de Cyrus Makris que muy pocos conocían. Y no podía arriesgarse a contárselo porque no sabía si podía confiar en ella.

Pero su incapacidad de confiar no era lo más importante en ese momento. Actuando por impulso, se deslizó sobre el asiento para tomarla entre sus brazos.

–Pero ¿qué...? –Prunella dejó escapar una exclamación.

–No debería haberte tocado –dijo Nikolai, sobre sus labios entreabiertos–. No le perteneces.

Empujado por un deseo que no podía contener, se apoderó de sus generosos labios. Ella gimió mientras le devolvía el beso y, cuando levantó los brazos para rodearle el cuello, Nikolai sonrió. A veces los actos hablaban mejor que las palabras y ella era suya, indiscutiblemente suya. Se apretaba contra él, acariciando su hombro con una mano mientras enredaba la otra en su pelo.

Nikolai deseaba levantar la falda del vestido, rasgar sus bragas y saciar el abrumador deseo que latía en su entrepierna. Pero se apartó, dejando escapar un largo y pesado suspiro.

–Estoy ardiendo por ti. Me he pasado el día planeando lo que iba a hacerte en la cama.

–Yo me he pasado el día mortalmente aburrida en el salón de belleza –le confió ella–. ¿Qué pensabas hacerme?

Nikolai empezó a susurrarle cosas al oído y Prunella sintió que sus huesos se derretían como la miel, con el deseo provocando un río de lava entre sus piernas y levantando sus pezones hasta convertirlos en duros botones.

—No creo que eso sea recomendable en una limusina —concluyó Nikolai mientras volvía al otro lado del asiento con gesto circunspecto—. Pero un hombre tiene derecho a soñar.

Prunella se pasó una mano por la falda, intentando recuperar el aliento. Sus palabras la habían dejado temblando. Estaba con un hombre que podía ser descarado y poco convencional cuando sentía el deseo de serlo. ¿El precio? Que ella estaba sofocada, temblando de lujuria y sorprendida de sí misma. Unos minutos antes, Nikolai se había mostrado enfadado, resentido e increíblemente tenso, pero había decidido liberar esa tensión de la forma más inesperada.

Nikolai la siguió al interior del horrible salón, con las pesadas cortinas de terciopelo y los oscuros muebles. Parecía un salón de velatorios y deseó haber tenido tiempo para contratar a un decorador que modernizase aquel mausoleo.

—Bueno, dime, ¿a qué jugabas con Cyrus?

—Hablé con él porque es un amigo de la familia. No podía dejarlo con la palabra en la boca, sería absurdo.

Nikolai reaccionó tan rápido como un látigo. Agarró su mano y le dio la vuelta para señalar la delgada muñeca en la que Cyrus había dejado la marca de sus dedos.

—¿Un amigo te haría esto? —le preguntó, incrédulo.

—Ha sido un accidente. Se enfadó porque no le había dicho que estaba en Londres. Estoy segura de que no era su intención hacerme daño —protestó ella, apartando la mano—. ¿Y por qué te importa tanto?

—Soy responsable de tu seguridad y te aseguro que

no estás a salvo con Cyrus. No quiero que vuelvas a estar a solas con él en ningún sitio –le advirtió Nikolai, con los dientes apretados.

–Pero eso es ridículo –dijo ella, sorprendida–. También Cyrus me ha advertido contra ti.

Nikolai echó la cabeza hacia atrás.

–¿Ah, sí?

–Dijo que eras un canalla con las mujeres y famoso por ello –repitió Prunella.

–Si ser sincero sobre mi falta de interés por el matrimonio o las relaciones a largo plazo con una mujer me convierte en un canalla, entonces lo soy. ¿Quieres una copa?

–Vino blanco –murmuró ella–. Gracias –su voz sonaba entrecortada cuando Nikolai puso la copa en su mano.

Él se sirvió un brandy y tomó un trago, haciendo un gesto apreciativo.

–Necesito que hagas lo que yo te diga, no lo que tú quieras.

–Y yo necesito que tú seas humano, pero parece que los dos estamos destinados a llevarnos una decepción –musitó Prunella, con los labios rozando el borde de la copa.

–No suelo encajar bien las decepciones. Por tu bien, aléjate de Cyrus –le advirtió él entonces.

Prunella lo miró, preguntándose cómo podía esperar que confiase en él más que en Cyrus cuando sabía que el tío de Paul se había ganado su confianza. Resultaba incomprensible porque Nikolai era un hombre inteligente. Que le disgustaba Cyrus era evidente; de hecho, parecían odiarse el uno al otro. La diferencia entre ellos estaba en su propia reacción. El comportamiento de Cyrus la había dejado confundida, pero, de forma inexplicable, la reacción de Nikolai le dolía en el alma. Y no entendía por qué.

En sus atractivas facciones le parecía intuir cierta

vulnerabilidad y eso la sorprendió porque no parecía ser un hombre en absoluto vulnerable.

Max llamó a la puerta en ese momento para ofrecerles algo de comer. Mientras ambos declinaban la invitación, el ruido de unas patitas en el suelo del pasillo anunció la llegada de los perros. Rory se lanzó entusiasmada contra las piernas de Nikolai mientras Butch empezaba a saltar alrededor de Prunella. El animalito esperó hasta que le acarició las orejas y enseguida se reunió de nuevo con Rory.

—Me ha sorprendido que tuvieras un perro —admitió, distraída.

Nikolai se irguió después de acariciar al animal.

—En realidad, no es mía. Rory era de mi hermana, que la llamaba princesa Aurora... a mi hermana le encantaban los cuentos de hadas —murmuró, incómodo—. Cuando murió no pude deshacerme de ella, así que me la quedé.

—No sabía que hubieras perdido a una hermana —dijo Prunella mientras los perros salían corriendo detrás de Max.

—Todos perdemos a alguien cuando llegamos a cierta edad.

—Eso no hace que sea más fácil superarlo —comentó ella.

Un teléfono empezó a sonar y Nikolai sacó el móvil del bolsillo de la chaqueta. En cuanto se lo llevó al oído, Prunella vio que palidecía y apretaba los labios.

—Iré en cuanto pueda.

—¿Qué ocurre? ¿Qué ha pasado?

—Ha habido un incendio en mi hotel. Tengo que ir ahora mismo.

—Dios mío... ¿puedo hacer algo? —exclamó Prunella.

—No, vete a la cama. Nos veremos más tarde... seguramente, mañana.

Tras su repentina partida, Prunella salió del salón para dirigirse a la cocina, donde Max estaba viendo la televisión, con los perros a sus pies. El hombre se levantó al verla.

–¿Ha cambiado de opinión y quiere comer algo?

–No, no –Prunella le contó lo del incendio–. No sabía que Nikolai fuese propietario de un hotel.

–El Gran Ilusión. Trabajó en el bar cuando era estudiante –le contó Max–. También fue su primer proyecto importante. Lo compró y lo convirtió en uno de los hoteles boutique más importantes de Europa. Espero que el incendio no haya sido muy grave, le tiene mucho cariño a ese sitio.

Unos minutos después, Prunella se metió en la enorme cama de sábanas frescas y sedosas. Iba a dormir sola cuando no había esperado hacerlo esa noche. Estaba demasiado cansada como para pensar en todo lo que había pasado ese día, pero su cuerpo se encendió al recordar la boca de Nikolai sobre la suya en la limusina y las cosas que le había dicho al oído. No había nada malo en desear a un hombre, se dijo, mientras empezaba a quedarse dormida. Nikolai era muy sexy y su respuesta era totalmente natural. ¿Por qué se sentía culpable por algo que no podía evitar o controlar? Después de todo, nada podría devolverle la vida a Paul y el futuro que había soñado con él era ya imposible. Un poco menos preocupada que antes, por fin se quedó dormida.

Cuando se despertó eran casi las nueve y tenía hambre. Enseguida descubrió que Max había deshecho sus maletas y colgado su ropa en uno de los dos vestidores del pasillo que llevaba al cuarto de baño. Sonriendo, tomó unos tejanos y una camiseta de manga larga antes de meterse en la ducha. Nikolai no había vuelto. O había dormido en otro sitio o seguía lidiando con el resultado del incendio. Mientras se aplicaba un discreto maquillaje arrugó la nariz ante esa recién adquirida vanidad. Seguía pensando en el apasionado beso en la limusina y preguntándose cómo un beso podía ser tan especial.

Cuando salió del baño, Nikolai entró en la habitación. Parecía exhausto y llevaba con él un acre olor a humo. La miró con los ojos enrojecidos y, durante un segundo, fue como si no supiera quién era o qué estaba haciendo allí.

—¿Cómo ha ido todo? —le preguntó, insegura.

Él cerró los ojos un momento y un escalofrío recorrió su colosal espalda.

—Horrible —respondió por fin mientras se quitaba la chaqueta—. Apesto a humo. Necesito darme una ducha.

—¿Ha habido algún herido?

Nikolai la miró mientras se desabrochaba la camisa. Sus ojos oscuros no tenían luz, era como si el brillo hubiese desaparecido de repente.

—He estado en el hospital antes de venir. Tres de mis empleados han resultado heridos y uno de ellos... —su voz se volvió ronca— sufre heridas muy graves.

—Lo siento mucho. ¿Lo conocías personalmente?

Él asintió, en silencio, dejando caer al suelo la camisa.

—Trabajé con los empleados de la cocina y el bar cuando era estudiante —murmuró—. El fuego empezó en la parte trasera del hotel. Hubo una explosión... dos ayudantes del chef están heridos y el jefe de sala tiene quemaduras importantes y se enfrenta a años de operaciones —Nikolai sacudió la cabeza.

—Lo siento, de verdad.

Debía de haber sido algo terrible para él. Estaba luchando por mantener el control, pero las lágrimas que brillaban en sus ojos oscuros la tenían fascinada.

–Podría haber sido peor –dijo Nikolai, como haciendo un esfuerzo para animarse–. Los clientes han podido salir a tiempo. El hotel ha quedado destruido, pero algo de cemento y ladrillos se puede reconstruir. Las vidas no.

Se quitó los zapatos y los pantalones mientras entraba en el cuarto de baño, como si no se diera cuenta de que estaba desnudándose delante de ella. Tenía un cuerpo perfecto, pero Prunella intentó respetar su intimidad apartando la mirada. Estaba agotado, desolado y en un estado en el que jamás había esperado verlo.

–¿Quieres comer algo?

–He visto a Max cuando subía y va a traer el desayuno, pero no sé si podré comer nada –murmuró él.

Prunella se armó de valor mientras se apoyaba en la puerta del baño.

–Lo que ha pasado no es culpa tuya.

–¡Es culpa de alguien! –exclamó Nikolai–. La policía sospecha que ha sido un incendio provocado porque usaron un acelerante. Unos bidones con gasolina provocaron la explosión, no fue un accidente.

–Dios mío –susurró ella, volviendo al dormitorio. ¿Quién podría haber hecho algo así?

Max llamó a la puerta antes de entrar con una bandeja. Butch saltaba a su alrededor con Rory; los dos querían quedarse a jugar, pero le pidió que se los llevase.

–Está agotado y necesita descansar –asintió el hombre–. El sueño hace que todo parezca menos terrible.

Nikolai reapareció con una toalla alrededor de la cintura, el pelo mojado le caía sobre la frente. Prunella sirvió el café y se sentó en una de las sillas frente a la ventana.

–Come –lo animó–. Necesitas recuperar fuerzas.

Nikolai esbozó una sonrisa mientras la miraba a los

ojos. Era toda simpatía y comprensión, pero eso lo incomodaba. Había aprendido a vivir sin tener que apoyarse en nadie y eso había evitado que cometiese errores. Si no confiaba en nadie, nadie lo defraudaría. Si no le abría su corazón a nadie, nadie podría hacerle daño. Bueno, de acuerdo, en ese momento estaba sufriendo, pero eso era inevitable porque la vida tenía por costumbre poner obstáculos. Pero en aquella ocasión alguien había planeado ese daño, recordó, haciendo un gesto de ira. ¿Quién lo odiaba lo suficiente como para incendiar un hotel lleno de gente? Nikolai sabía que era una gran suerte que tanto los clientes como la mayoría de los empleados hubieran podido escapar a tiempo del fuego.

Tomó su café y comió una tostada, pero sin el menor apetito. Prunella quería hacerle más preguntas sobre el incendio, pero entendió que él no tenía ganas de hablar.

—Me voy a la cama. Tengo que volver a la comisaría más tarde –dijo después, levantándose para ir al cuarto de baño.

Prunella lo oyó abrir y cerrar cajones. Cuando reapareció se había quitado la toalla y llevaba unos calzoncillos blancos ajustados. Se quedó mirándolo un momento porque era muy bello, desde los bien definidos pectorales a los músculos que formaban una V invertida sobre las caderas. Le sorprendió ver que tenía un elaborado tatuaje sobre un hombro. Era una diosa alada... ¿y un pequeño unicornio? ¿Qué significaba? Tragando saliva, tomó el libro que había abandonado sobre la mesilla la noche anterior.

—Nos veremos más tarde –murmuró sin aliento mientras tomaba la bandeja del desayuno para llevarla abajo.

La fatiga abrumaba a Nikolai. Había querido decirle algo a Prunella, pero no recordaba qué. En cambio, se encontró recordando su ternura, el afecto de sus expresivos ojos verdes mientras intentaba convencerlo para que comiese algo. Le había recordado cómo lo miraba su hermana cuando estaba enfermo de niño. Dejando escapar una palabrota, bloqueó tan turbadoras imágenes.

Prunella se sentó frente a la mesa de la cocina mientras Max hacía un pastel y hablaba sobre sus años en el ejército. Los perros jugaban a su alrededor, entrando y saliendo del jardín. Cuando sonó el timbre, Max se quitó el delantal para dirigirse al vestíbulo y ella, un poco aburrida, lo siguió. Al ver a Cyrus en la puerta tuvo que disimular su desagrado, pero decidió que no podía seguir enfadada con él por unos hematomas en la muñeca que ya habían desaparecido y que, seguramente, le había hecho sin querer.

–Cyrus... –lo saludó, dando un paso adelante.

–Esperaba encontrarte en casa –dijo él, ofreciéndole un gran ramo de flores, que Prunella entregó a Max.

Aquella situación le parecía extraña y se sentía muy incómoda. Cyrus y Nikolai no se caían bien y sabía que Nikolai se pondría furioso si supiera que aquel hombre había entrado en su casa. Sin embargo, el tono calmado de Cyrus y su amistosa sonrisa le resultaban más familiares que el hombre enfadado de la noche anterior.

–Entra –dijo por fin, intentando mostrarse más hospitalaria.

–Voy a preparar el té –dijo Max.

–Gracias.

–Sabía que no me esperabas –Cyrus entró tras ella en el salón–. Pero no podía dejar las cosas como quedaron cuando nos despedimos anoche.

–Fue incómodo –reconoció Prunella, indicando el sofá con un gesto.

Cyrus se sentó y le preguntó por su familia. Debía

medir bien sus palabras, pensó ella, temiendo que le hiciese alguna pregunta difícil de responder sobre el negocio de su padre porque había prometido a Nikolai no hablar del asunto. Pero Cyrus no dijo nada sobre las deudas o el cierre de la tienda, de modo que tal vez no sabía nada sobre los problemas económicos de su familia.

–Quiero hacerte una pregunta y puede que te sorprenda –le advirtió mientras Max entraba con una bandeja.

–¿Necesitan algo más? –preguntó el hombre.

–No, gracias. Puedes irte cuando quieras –respondió Prunella, volviéndose hacia Cyrus–. ¿Esa pregunta va a disgustarme? –quiso saber cuando estuvieron solos.

–Espero que no –Cyrus sonrió mientras ella servía el té–. Te conozco desde hace cuatro años, pero en este momento es difícil para mí ser el amigo que tú quieres que sea. Y, si te he visto menos, es por esa razón.

Prunella empezaba a inquietarse, pero no dijo nada.

–Tú vales mucho más que una sórdida aventura con Drakos. Y me gustaría sacarte de aquí hoy mismo –anunció Cyrus entonces–. Quiero que te cases conmigo. Te estoy pidiendo que seas mi mujer.

Prunella sintió que se le encogía el estómago, pero intentó disimular porque, por absurda e inapropiada que le pareciese tal propuesta, no quería hacerle daño.

–Me temo que yo nunca te he visto de ese modo, Cyrus. Te veo como el tío de Paul y un buen amigo, nada más.

–Ah, parece que he esperado demasiado tiempo –dijo él entonces, irónico–. No quería que nuestra relación fuese incómoda para ti.

Prunella no se había sentido tan incómoda en toda su vida. Y no le gustaba cómo la miraba. Aunque sintiese algo, ella no podía devolverle el favor y sabía que no había forma de decírselo sin hacerle daño, pero lo intentó.

–Me caes bien y te respeto.

–Debería haber hablado antes. Que estés aquí con Drakos deja claro que he esperado demasiado para hablarte de mis sentimientos –Cyrus no podía disimular el odio que sentía por Nikolai o el desprecio cuando pronunciaba su nombre–. Pero sé que tuviste una relación anormal con mi sobrino y no quería presionarte.

–¿Anormal? ¿Por qué dices eso?

–Bueno, desde luego no era normal que mantuvierais una relación sin sexo –su tono sarcástico hizo que Prunella se ruborizase hasta la raíz del pelo–. Deberías saber que, durante sus últimos años, Paul no tenía secretos para mí.

Prunella se quedó helada y tuvo que agarrar su taza con fuerza para sentir algo de calor.

–Pero eso no era culpa tuya... sino de Paul –siguió Cyrus–. Sentí la tentación de hablar contigo después del funeral, pero pensé que contártelo cuando él ya no estaba no serviría de nada.

Prunella dejó la taza sobre la bandeja con más fuerza de la necesaria.

–¿Contarme qué, por el amor de Dios?

–Paul mantenía una relación homosexual antes de conocerte.

Ella lo miró, incrédula.

–Eso es mentira.

–No sé si era gay, bisexual o simplemente estaba confuso sobre su sexualidad, pero Paul no se sentía atraído por las mujeres –continuó Cyrus con el mismo tono de superioridad–. Cuando supo que estaba enfermo se aferró a ti buscando afecto y tú se lo diste sin reparos. Por eso te pidió que te casaras con él. Le daba pánico perderte y quedarse solo.

–Eso no es verdad –insistió Prunella, atónita–. No puede ser verdad.

–Me temo que sí –dijo él, impaciente–. Y por eso no sabía cómo debía proceder.

Prunella se levantó con la esperanza de apresurar su partida.

–No tenías que proceder de ningún modo. Aunque Paul fuera lo que dices, no me siento atraída por ti como hombre.

Cyrus se levantó también.

–¿Y cómo lo sabes? Tú nunca has estado con un hombre de verdad.

Por fin, la ira se abrió paso entre la sorpresa y Prunella decidió decir lo que pensaba:

–¡Paul era un hombre de verdad! ¡Más de lo que tú lo serás nunca! Una buena relación no depende necesariamente del sexo.

–Deja que te demuestre lo que estás rechazando por una lealtad mal entendida –Cyrus intentó agarrarla del brazo, pero ella lo apartó–. ¿Es que no me has oído? ¡Te he hecho el honor de pedirte que te cases conmigo!

–¡No me toques! –Prunella intentó alejarse, pero él la agarró del pelo, haciendo que se le llenasen los ojos de lágrimas–. ¡Suéltame!

Cyrus se había puesto rojo de ira.

–¡Tengo todo el derecho a tocarte! –exclamó, clavando la otra mano en su hombro–. Me gasté una fortuna atendiendo a Paul, pero era todo por ti. ¿Es que no sabes que Drakos es hijo de un traficante de drogas y una prostituta? ¿Es que eso no te importa?

–¿Qué estás haciendo? –musitó Prunella, asustada.

Cyrus la empujó violentamente sobre el sofá.

–Voy a demostrarte lo que te has perdido –anunció con tono siniestro.

# Capítulo 6

E N EL piso de arriba, el sueño de Nikolai fue interrumpido por el sonido del timbre y el de una puerta al cerrarse unos minutos después. Cuando su móvil empezó a sonar sobre la mesilla dejó escapar un gemido de frustración y decidió que no podría volver a conciliar el sueño. Había dormido un par de horas y eso tendría que ser suficiente, pensó mientras atendía la llamada. Pero unos segundos después tiraba el teléfono sobre la cama en un gesto desesperado. Desmond, el jefe de sala, había muerto.

Se estaba poniendo unos tejanos cuando algo de color al otro lado de la ventana llamó su atención. Las cortinas no estaban echadas del todo y había un llamativo Ferrari amarillo aparcado frente a la casa. Nikolai sabía muy bien a quién pertenecía y no podía creer que fuese una simple coincidencia. Además, sabía que Max se había ido y Prunella estaba sola...

Nikolai corrió escaleras abajo y cuando oyó el grito ahogado de Prunella entró como una tromba en el salón.

De repente, el peso que la mantenía aplastada contra el sofá desapareció. Prunella parpadeó, sorprendida y asustada, al ver a Cyrus salir volando contra la pared de enfrente donde, hecho una furia, Nikolai lo acorraló para golpearlo, gritándole algo en griego.

Cyrus la había atacado, había desgarrado sus tejanos y estaba dolorida y asustada. Solo el miedo a que Nikolai lo matase allí mismo hizo que Prunella interviniese por fin, levantándose para sujetarlo del brazo, con lágrimas en los ojos.

–Para, por favor. No sigas pegándolo, vas a matarlo –le advirtió, al ver cómo Cyrus, que tenía la cara hinchada por los golpes y un corte sangrante en la frente, intentaba levantarse torpemente del suelo para correr hacia la puerta.

–¡Pero te ha atacado! –exclamó Nikolai con los dientes apretados, apenas capaz de controlar su furia.

De nuevo, Prunella lo tomó del brazo para evitar que fuese tras Cyrus.

–Si lo matas irás a la cárcel. ¿Es eso lo que quieres?

Nikolai soltó una letanía de palabrotas en griego cuando Prunella cerró la puerta del salón para alejarlo de su enemigo.

–Debería haberte advertido sobre él.

–Me dijiste que no debía estar a solas con él y yo no te hice caso –reconoció Prunella, sintiéndose culpable.

–Lo han acusado de maltratar a otras mujeres –le contó él entonces.

Unas gotas de sangre cayeron sobre el suelo de madera y ella tomó su mano para examinar los nudillos ensangrentados.

–Tienes que lavarte las heridas –murmuró, llevándolo hacia la escalera.

–¿Qué pasó antes de que te atacase?

–Dijo que quería casarse conmigo y cuando respondí que no estaba interesada se puso furioso –le contó ella, angustiada–. Si mi abuela no me hubiese dado a entender que, en su opinión, Cyrus tenía algún interés personal en mí me habría caído al suelo de la sorpresa. Pero... intenté ser amable. No se me ocurrió que de verdad estuviera interesado en mí y no esperaba esa reacción.

De modo que Cyrus le había propuesto matrimonio.

Debería ser un momento de triunfo para él, pero no era así. Había herido a su oponente, pero Prunella también estaba herida. No se podía creer que Cyrus hubiese tenido la indecencia de atacarla en su propia casa y se sentía increíblemente culpable. Después de todo, él sabía bien cómo era y prácticamente había puesto a Prunella en las garras de ese canalla.

Podría haberla violado como le había ocurrido a su hermana y la mera idea de que Prunella hubiese tenido que soportar algo así hacía que se sintiera enfermo de culpabilidad. Él debería haber controlado la situación, pero en algún momento se había vuelto egoísta e imprudente. Y Prunella había estado a punto de pagar un precio muy alto por ello. ¿Cómo podía haber sido tan irresponsable?

Aun así, Prunella intentaba que subiera a la habitación para lavar sus heridas como si él fuese la víctima y necesitase su apoyo. Si estuviese de humor se habría reído ante tal incongruencia, pero no estaba de humor y no experimentaba sensación de triunfo por haber pegado a Cyrus.

–¿Qué te ha hecho? –le preguntó, abriendo la puerta del dormitorio.

–Intentó besarme, pero aparté la cara y me tiró del pelo. Te juro que me ha arrancado un mechón de raíz –susurró ella, pasándose una mano por la cabeza con un gesto de dolor–. Me tiró en el sofá e intentó quitarme la ropa. Nunca lo había visto como un hombre fuerte, pero era mucho más fuerte que yo. No habría podido librarme de él sin tu ayuda... gracias.

–No me des las gracias –Nikolai hizo un gesto de desagrado–. Todo esto ha sido culpa mía.

–No veo por qué –Prunella metió su mano bajo el grifo del lavabo y aplicó un antiséptico que había encontrado en el botiquín.

Seguía temblando después del ataque de Cyrus, preguntándose con incredulidad qué le había pasado a aquel hombre para convertirse en una fiera. ¿Sencillamente había perdido la paciencia? ¿De verdad la habría violado si Nikolai no hubiese intervenido? El miedo y la repulsión formaban un nudo en su estómago. Había intentado quitarle los tejanos, recordó, sintiendo un escalofrío. No había ningún error sobre sus intenciones, aunque aún no pudiese creérselo.

—Su conducta no tiene nada que ver contigo —siguió, intentando respirar con normalidad—. Fui yo quien insistió en creer que era un amigo y mantuve su amistad tras la muerte de Paul. Solíamos hablar de él y... yo necesitaba hablar.

Se quedó callada un momento, pensando en lo que Cyrus le había contado sobre Paul. Todas las inseguridades que la habían asaltado con su prometido volvían para acosarla. Paul era muy extrovertido y popular cuando lo conoció y enseguida se había enamorado de él, anhelando algo más que una amistad. Pero no había sido así hasta que cayó enfermo. Fue entonces cuando se volvió importante para él y cuando le dijo que la amaba por primera vez. Con los ojos empañados, sacudió la cabeza. No quería que los comentarios de Cyrus ensuciasen ese recuerdo.

No tenía sentido recordar el pasado o dejar que tan viles comentarios la disgustasen. Paul ya no estaba y sus preguntas no podrían ser respondidas. Pero ¿sería posible que ella hubiera estado tan ciega? Paul nunca había mostrado interés sexual por ella... ¿Había desperdiciado cuatro años de su vida en una relación que no era auténtica? Era un pensamiento muy angustioso.

—Deberíamos llamar a la policía —dijo Nikolai entonces—. Hacer que lo detengan por lo que te ha hecho...

—Pero gracias a ti no me ha hecho nada —lo interrumpió ella–. Desde luego, me ha dado un susto de muerte durante unos minutos, pero no quiero involucrar a la policía. Cyrus fue increíblemente generoso con Paul mientras estuvo enfermo y, aunque hoy decía que solo lo había hecho por mí, agradezco que lo ayudase.

–Estás llorando... –murmuró él, al ver que una lágrima rodaba por su rostro.

Prunella se llevó una mano a la boca.

–Lo siento...

–No, llora lo que quieras... lo entiendo, ha sido una experiencia aterradora –Nikolai estaba furioso consigo mismo por haber dejado que atendiese sus insignificantes heridas cuando ella había sufrido un shock. Sin vacilar, se inclinó para tomarla en brazos–. Tienes que tumbarte un rato.

–¿De verdad crees que me habría quitado la ropa y...?

–Sí, creo que sí –admitió él mientras la dejaba suavemente sobre la desordenada cama y se sentaba a su lado–. Al parecer, te deseaba desde hace tiempo y tu rechazo ha sido un golpe insoportable. Cyrus cree que es un regalo para las mujeres.

–Aceptar que durante todo este tiempo ha pensado en mí de ese modo y yo sin saberlo... es horrible –un sollozo escapó de su garganta y Nikolai la abrazó, murmurando algo en griego.

Prunella dejó que las lágrimas rodasen por su hombro. Era tan cálido, tan fuerte, y se sentía increíblemente protegida a su lado.

–Lo siento... siento tanto todo esto.

–¿Qué es lo que sientes? Cyrus te atacó, tú no tienes la culpa de nada.

–Dijo que Paul había tenido una aventura homosexual –le confió Prunella, con el corazón encogido–. Y lo horrible es que podría ser cierto y nunca sabré...

No pudo terminar la frase, pero no hacía falta.

–Eso ya da igual.

Pero a ella no le daba igual. A veces se había sentido tan humillada por el autocontrol de Paul, por su rechazo... Incluso su abuela se había mostrado sorprendida porque no le había pedido que se fuera a vivir con él. ¿Habría querido Paul tener intimidad con ella alguna vez? Sus negativas habían hecho que se sintiera inferior, menos mujer. La sospecha de que todo hubiera sido una farsa para ocultar su secreto le dolía aún más porque había creído que su amor era auténtico.

–Cyrus hubiera dicho cualquier cosa para ensuciar el recuerdo de su sobrino –opinó Nikolai–. Debía de estar muy celoso de él.

–No, lo peor es que temo que Cyrus haya dicho la verdad... una verdad que yo estaba demasiado ciega para ver –Prunella suspiró contra el bronceado hombro, maravillándose de poder estar tan cerca de Nikolai sin que él hiciera nada, aunque sabía cuánto la deseaba. Esa, tuvo que admitir, era una diferencia más entre los dos hombres. Pero Nikolai no se aprovecharía nunca de ella, jamás. Y no intentaría nada al verla tan disgustada. Sin embargo, experimentó una vaga sensación de frustración y pesar.

Nikolai solía salir corriendo al ver llorar a una mujer y no sabía qué hacer con Prunella. No sabía qué decir, particularmente sobre la supuesta homosexualidad de Paul. Estaba fuera de su elemento y se le ocurrió que cambiar de tema era la única opción.

–Desmond, el jefe de sala, murió una hora después de que me fuera del hospital –le contó–. Su hijo ha llamado para darme la noticia.

Prunella levantó la cabeza para mirarlo. Estaba compungida y tenía la naricita roja, pero sus ojos verdes, húmedos de lágrimas, eran imposiblemente bellos.

–Lo siento muchísimo, Nikolai.

–Era un buen tipo –dijo él–. Lo conocí cuando empecé a trabajar en el hotel. Entonces solo tenía dieciocho años. Él me formó...

–¿Cómo eras a los dieciocho años? –susurró ella, aliviada de ser apartada de su introspección.

Nikolai suspiró. Era otra de esas ocasiones en las que encontraba a una mujer difícil de entender. ¿Qué tenía eso que ver con nada? ¿Por qué era relevante?

–Arrogante... ligón –murmuró, pensando en otra cosa mientras respiraba el aroma de su pelo. Olía a fresas silvestres. ¿Sería su champú? Pasó los dedos por los sedosos mechones que brillaban como la seda. Estaba duro como una roca bajo los tejanos y eso era un problema porque, después de lo que había hecho Cyrus, resultaba absolutamente inapropiado.

Prunella echó la cabeza hacia atrás para mirar esos ojos de color caramelo derretido bajo el marco aterciopelado de unas pestañas larguísimas.

–Tienes unos ojos preciosos –murmuró, sentía cada fibra de su ser encendida de repente.

Habían pasado de hablar sobre supuestas aventuras homosexuales a cómo era de adolescente, luego a sus ojos... y eso recordó a Nikolai por qué raramente mantenía conversaciones con mujeres. Se acostaba con ellas, charlando solo sobre lo estrictamente necesario.

–Estaba contándote que Desmond ha muerto...

Prunella se puso colorada.

–Sí, es verdad, perdona.

–Su familia estuvo con él hasta el final. Él habría querido eso, era un hombre de familia –dijo Nikolai con voz ronca.

Ese pellizco en su voz, la angustia que intentaba contener y el brillo de sus ojos aumentaron la fascinación de Prunella por el hombre que estaba a su lado. Nikolai Drakos era un hombre emocional. Ese gran pozo de intensa emoción era lo que ocultaba bajo una fachada de frialdad y, normalmente, lo hacía bien, pero en ese momento no podía disimular y a Prunella le gustó. Estaba siendo abierto con ella, franco y natural. Su actitud consiguió hacerla olvidar a Cyrus, su ataque y sus revelaciones, y volvió a sentirse fuerte.

–Aunque yo no sé mucho sobre familias normales –reconoció Nikolai entonces.

Prunella deslizó un dedo sobre el hombro desnudo. Su piel era satinada y el calor que desprendía la atraía de una forma tan potente como el sol en un día helado. Temblaba, notando que sus pechos se hinchaban y sus pezones se distendían. Ella siempre había sido capaz de controlarse, pero cuando miraba a Nikolai le resultaba difícil respirar o tragar saliva.

Y, al contrario que Paul, Nikolai la deseaba de verdad, pensó con satisfacción, notando el roce de su duro miembro. Paul no la había deseado de ese modo, pero Nikolai sí y no podía ocultarlo. Saber eso la hacía sentir absurdamente feliz y levantó una mano para acariciar sus sensuales labios con un dedo, deseándolo, necesitándolo y, por primera vez, sin avergonzarse de su natural instinto.

–¿Es una invitación? –susurró Nikolai, un estremecimiento recorría su poderoso cuerpo; cada átomo de energía aprisionada en su interior clamaba por ser liberada.

–¿Necesitas una invitación por escrito? –bromeó ella, emocionada ante su propia valentía. Se deseaban el uno al otro y era normal y natural, se dijo a sí misma, aunque en el fondo estaba secretamente sorprendida de ser ella quien tomase la iniciativa.

–No... no me hace falta –Nikolai se inclinó para rozar sus sonrientes labios con los suyos. En realidad, le gustaría aplastarla contra la cama y hacerla suya en cuerpo y alma como un neandertal. Tuvo que hacer uso de un inmenso autocontrol para recordar que Prunella era inocente y se merecía lo mejor de él.

El agresivo empuje de su lengua la hacía gemir de placer. Todo su cuerpo parecía latir y se preguntaba tontamente cuándo había ocurrido, cuándo había empezado a desearlo como deseaba respirar. Y le daba igual porque no había más tarde o mañana o futuro en sus pensamientos; solo aquel momento especial, en el que por fin había tomado la decisión de dejar a un lado el dolor que le había pesado durante tanto tiempo. Así que echó la cabeza hacia atrás y abrió los labios, ofreciéndose a sí misma. Su pasión la animaba tanto como la emoción que Nikolai ocultaba como si fuera algo que lo avergonzase.

–Juro que te devoraría con gusto –musitó él contra sus hinchados labios.

Sus preciosos ojos verdes se oscurecieron hasta volverse esmeralda, el pelo de color bronce era como un halo alrededor de su cara. A pesar del susto con Cyrus seguía deseándolo y eso significaba que confiaba en él. Y, sin embargo, sabía que no se merecía esa confianza porque no le había contado cuáles eran sus intenciones. Pero aplastó esos pensamientos para concentrarse en el hecho de que los dos llevaban demasiada ropa.

Nikolai le quitó los tejanos y la camiseta, admirando los dulces pechos escondidos bajo un sujetador de encaje. Podía notar su inseguridad, sus nervios, como si no supiera que sus manos temblaban y que estaba ardiendo por ella, como si no supiera que era una rara y perfecta belleza. No podía apartar los ojos de ella mientras le quitaba el sujetador y exploraba los delicados globos que había desnudado.

–Preciosa –susurró con voz ronca, casi con temor, porque parecía como si una palabra equivocada pudiese hacerla salir corriendo.

–¿En serio? –musitó ella, con el rostro ardiendo con una mezcla de sorpresa, vergüenza e incertidumbre.

–Tan serio como un infarto –Nikolai acarició un rosado pezón e inclinó la cabeza para capturarlo entre los labios–. Me gustan tus pechos. Incluso podría decir que adoro tus pechos –añadió mientras soplaba sobre la delicada piel.

–Pues no hay mucho que admirar –objetó ella, porque siempre había pensado que sus pequeños pechos eran su peor defecto. Era bajita, delgada y no tenía las curvas que la mayoría de los hombres preferían.

–Más que suficiente para mí –Nikolai sonrió cuando ella arqueó la espalda, como ofreciéndose a sí misma–. Eres deliciosa.

Prunella intentó tranquilizarse. La deseaba, se recordó a sí misma, y ser deseada así era halagador, excitante. De repente, le parecía lo más maravilloso del mundo. Nikolai la aceptaba como era, con defectos y todo, como ella lo aceptaba a él. No iba a esperar perfección o promesas de amor eterno.

El roce de sus dedos hacía que moviese las caderas sin darse cuenta. Su cuerpo parecía tener vida propia cuando la tocaba. Pero cuando le quitó las bragas sin ceremonias se sintió un poco aprensiva.

Nikolai esbozó una sonrisa.

–No pasa nada. No vamos a hacer nada que tú no quieras hacer...

–Quiero hacerlo todo –se apresuró a decir ella–. ¿Dónde vas? –le preguntó cuando saltó de la cama.

–A buscar preservativos –respondió él, entrando en el cuarto de baño–. Puede que no tenga ninguno porque nunca uso esta casa... no, aquí no hay nada.

–No hace falta –murmuró Prunella, sacudiendo la cabeza–. Tengo un implante anticonceptivo en el brazo.

Nikolai frunció el ceño.

–¿Por qué?

–Cuando Paul y yo estábamos juntos pensé... bueno, que me hacía falta un método anticonceptivo –Prunella no quería recordar ese momento, cuando todo era nuevo y maravilloso, o eso pensaba. Si no recordaba mal, el implante la mantendría a salvo de un embarazo durante cuatro años, pero no recordaba exactamente cuándo se lo había implantado.

–Nunca he mantenido relaciones sexuales sin preservativo y me he hecho todas las pruebas... estoy limpio –le aseguró Nikolai.

Prunella ya estaba pensando en otra cosa.

–Hace un momento has dicho que nunca usas esta casa. ¿Nunca?

–Nunca –repitió él–. No me parecía mi casa. El día que me entregaron las llaves recorrí todas las habitaciones mientras pensaba que era una pena no haber podido conocer a mi abuelo. Hay muchas fotos de gente a la que no conozco y nunca conoceré porque no queda nadie que pueda identificarlos. Sin embargo, muchos deben de ser parientes míos.

–Es muy triste –asintió ella.

Nikolai no sabía por qué estaba contándole algo que no le había contado a nadie. Llevaba solo mucho tiempo y le gustaba... ¿o no? Cuando su hermana murió no le quedó ningún pariente conocido. Por supuesto, tampoco lo había buscado, tuvo que reconocer por primera vez. Y sabía que su abuelo había tenido hermanas porque fueron ellas las que se pusieron en contacto con él para llevarlo a Londres. Pero eso fue muchos años atrás y, sencillamente, había decidido que sería absurdo intentar localizarlas después de tanto tiempo. ¿Y por qué pensaba eso precisamente en aquel momento?

¿Qué le hacía Prunella? ¿Por qué estaba confiándole algo tan íntimo cuando ella estaba desnuda y preciosa, esperándolo en la cama? ¿Qué clase de magia negra era esa? Estaba hablando de cosas íntimas que nunca había compartido con nadie. *Thee mou*, tenían que ser esos ojos suaves, compasivos, que lo tenían hechizado.

—Nunca he necesitado una familia –dijo entonces.

Prunella se preguntaba si sería muy patético deslizarse bajo el edredón para esconder su cuerpo desnudo. Estaba tiesa como un palo mientras lo esperaba, avergonzada como nunca. Era de día y las cortinas no estaban cerradas. Se veía todo y se sentía increíblemente incómoda.

—La familia lo es todo para mí –admitió por fin, dejando de luchar y metiéndose bajo el edredón–. No me imagino la vida sin ellos.

—El edredón no te esconderá durante mucho tiempo –le advirtió Nikolai mientras se quitaba los tejanos.

No llevaba nada debajo y vio que Prunella abría los ojos como platos.

—¿Es una mirada de horror?

Ella sentía que le ardía la cara.

—Sin comentarios.

Nikolai la besó hasta dejarla sin aliento y siguió besando su cuello, sus pechos, su estómago, tocando todas las zonas erógenas que poseía. Pero dio un respingo cuando se colocó entre sus muslos abiertos para prestar atención a una parte de ella que había sido ignorada durante mucho tiempo.

—No, Nik...

—¿Es porque te da vergüenza o porque de verdad no quieres? –le preguntó él.

Prunella cerró los ojos, intentando no pensar en lo

que Nikolai estaba a punto de hacer. No iba a negarse cuando su única excusa era la timidez. Ella no era tímida, ¿no? Cuando empezó a acariciarla con sus sabios dedos un estremecimiento recorrió todo su cuerpo. El cosquilleo de su pelvis se convirtió en un pesado latido; estaba excitada como nunca. De repente, no podía preocuparse por su aspecto o por nada más porque estaba viviendo el momento, y el momento era tan salvaje, tan locamente excitante y primitivo que se perdió en él. El calor se extendía, tragándosela cada vez más, y arqueó la espina dorsal cuando un clímax explosivo se apoderó de ella.

–¿Ves? Decir que no hubiera sido un error, *glikia mou* –señaló Nikolai unos minutos después, acariciando su rostro ruborizado.

Ella asintió con la cabeza mientras Nikolai se apoderaba de su boca y su lengua se enredaba con la suya en una franca expresión del masculino deseo.

De repente, antes de que pudiese darse cuenta, estaba allí, en su entrada, empujando. Al principio le pareció extraño, pero la presión, la sensación de estar abriéndose, era sorprendentemente placentera. Dio un respingo cuando un fuerte escozor acompañó a su invasión. No mató el placer, pero sí hizo que contuviera el aliento.

–¿Quieres que pare? –susurró Nikolai, sus ojos eran una pura seducción de caramelo.

–No te atrevas –le advirtió ella, impaciente, a punto de experimentar lo que había esperado experimentar durante tanto tiempo.

Nikolai empujó de nuevo y el escozor se intensificó... para desaparecer un segundo después. Prunella parpadeó varias veces, esperando sentir dolor porque eso era lo que le habían contado, pero el dolor no hizo su aparición.

–No pasa nada, todo está bien –susurró, sorprendida.

–Tu primera vez tiene que estar mejor que bien –dijo Nikolai.

–No tenía expectativas –Prunella lo envolvió entre sus brazos, reconociendo su paciencia y su delicadeza. Sabía que podría haber sido una experiencia mucho menos placentera con otro hombre.

Disfrutaba de cada roce, su cuerpo estaba locamente estimulado, y levantó las caderas para recibirlo. Era maravilloso, totalmente asombroso dejarse llevar por esa fiera, hipnótica escalada hacia el placer.

Una especie de frenesí se apoderó de todo su ser, sabiendo que tenía el éxtasis en la punta de los dedos. Nikolai incrementó el ritmo de sus embestidas y, unos segundos después, el éxtasis se apoderó de ella, como una oleada ardiente de convulsivas delicias que la dejó agotada. Estaba convencida de que nunca podría volver a moverse, pero Nikolai la envolvió en sus brazos y Prunella apoyó la cabeza en su torso, con un brazo sobre su cintura.

Él depositó un beso en su húmeda frente.

–Gracias –dijo con voz ronca–. Ha sido asombroso.

Prunella querría darle las gracias también, pero no le salían las palabras. Se veía obligada a cuestionar todo lo que creía saber sobre sí misma, pero no podía pensar con claridad y Nikolai le parecía lo único estable en un mundo fluctuante. Estaba agotada, pero una profunda sensación de paz la envolvió entonces.

Nikolai estaba inmóvil, ligeramente tenso. Prunella lo abrazaba, se acurrucaba contra él. Él nunca había hecho eso; normalmente, estaba con la ropa puesta y a punto de despedirse unos minutos después de hacer el amor. Pero ¿no debería saborear una nueva experiencia?, le preguntó una irónica vocecita interior. Ella se merecía algo más, añadió esa misma vocecita. ¿Qué más? Nikolai se quedó inmóvil hasta que el sonido de su respiración le dijo que estaba dormida. Solo entonces se apartó con cuidado para saltar de la cama.

¿Flores? Estuvo a punto de darse un golpe contra la pared de la ducha, frustrado. Él nunca había enviado flores. Claro que nunca se había acostado con una virgen. Y nunca había tenido que convencer a una mujer para que se acostase con él mientras fingía estar dándole a ella esa opción. Reconocer eso por fin fue tan doloroso como si le clavaran un puñal en el pecho. Sorprendido, y algo mareado, salió de la ducha y se vistió. Pasaría por su apartamento para cambiarse de ropa antes de ir a visitar a la familia de Desmond y después iría a la comisaría. ¿Y luego qué?

Nikolai miró a Prunella durmiendo, con su pelo de color bronce deliciosamente enredado, un delgado hombro blanco asomando por encima de la sábana y una manita abierta sobre la almohada. Parecía tan pequeña, tan indefensa... y se había aprovechado de ella. Se le encogió el corazón al pensar eso.

¿Y luego qué? La pregunta seguía dando vueltas en su cabeza y se sintió mareado de nuevo. Tenía que tomar una decisión; había ido demasiado lejos como para dar marcha atrás.

Horas después, le envió un mensaje de texto contándole dónde estaba, lo cual era absolutamente raro en él. No disculparse nunca y no dar explicaciones era su mantra habitual con las mujeres. Envió flores por primera vez en su vida. Incluso estuvo a punto de agregar un muñeco de peluche. Después fue a darle el pésame a la familia del jefe de sala y pasó varias horas en la comisaría haciendo su declaración, aunque no sabía quién sería capaz de arriesgar la vida de tantas personas incendiando el hotel. Por supuesto, al dar los nombres de todos aquellos de los que sospechaba tuvo que mencionar el de Cyrus.

Había sido sincero con la policía, pero también debía admitir que no tenía ninguna prueba de que Cyrus tuviese algo que ver y que un incendio provocado no parecía obra de un hombre cuyo único objetivo había sido siempre aprovecharse de mujeres inocentes.

Nikolai volvió a su silencioso apartamento, pensativo, admitiendo por fin la innegable y triste verdad: en su deseo de venganza había hecho daño a personas inocentes. ¿Cómo había ocurrido? ¿Qué había sido de su sentido del bien y del mal? ¿Cuándo una motivación legítima se había retorcido de tal modo? Se sirvió un whisky y se dejó caer sobre un sillón, intentando entender cómo podía haber pensado en Prunella como en un simple peón, como un daño colateral sin importancia.

¿Cómo podía haber sido tan arrogante, tan egoísta, haber estado tan equivocado? ¿Cómo no había sido capaz de darse cuenta? Viendo solo a Cyrus, su objetivo, había apuntado y disparado. Y Prunella era la víctima. Era como si hubiese pintado una diana en su espalda porque la violenta reacción de Cyrus había sido deliberadamente provocada por él. Había utilizado a Prunella como cebo y ella había resultado herida. Y sabía que la herida podría haber sido mucho peor. Si él no hubiera estado en casa...

Pero le dolería más conocer la fea verdad. Prunella, una persona tan leal como para sacrificarlo todo por su familia, había sido injustamente perjudicada en su empeño por vengarse de Cyrus. No podía contarle la verdad porque eso la humillaría.

Nikolai tomó otro trago de whisky mientras recordaba todos los golpes que Prunella había sufrido en esos años: el infarto de su padre, el prometido muerto, la carrera que había tenido que interrumpir. Había tenido que levantarse y seguir adelante valientemente una y otra vez, y entonces aparecía él para empeorar aún más la situación. La había sacado de su casa, separándola de su familia, para llevarla a su cama. Un error se acumulaba sobre otro error. Nikolai se pasó una mano temblorosa por el pelo.

¿Cómo iba a decirle que le había tendido una trampa, que la había usado como cebo, como arma? ¿Qué mujer podría soportar una verdad tan terrible como esa? Particularmente después de saber que su exprometido podría haber mantenido una aventura homosexual.

Pero Prunella era suya.

De algún modo la compensaría, se dijo. Le daría lo que debería haberle dado desde el principio: confianza, apoyo, estabilidad, respeto. ¿Podría fingir amor? Estaba seguro de que ella querría amor, pero no sabía si podría fingir algo que no había sentido nunca. Pero podía intentarlo, ¿no? No podía ser tan difícil decir «Te quiero».

En ese momento recibió un mensaje en el móvil y levantó las oscuras cejas en un gesto de sorpresa. Prunella quería saber si seguía en la comisaría y al texto había añadido el emoticono de un conejito.

Cielo santo, estaba planeando casarse con una mujer que usaba emoticonos...

# Capítulo 7

PRUNELLA se despertó con la sensación de que algo no estaba bien en su mundo. Deslizó las manos por el espacio vacío que había a su lado y contuvo un gemido porque Nikolai no había vuelto como ella esperaba.

«Una golondrina no hace verano», pensó. Otro de los dichos favoritos de su abuela. Su relación con Nikolai no era una relación con reglas o en la que pudiese tener expectativas. No, no había reglas y se sentía perdida sin ellas.

Sin embargo, Nikolai había sido tan diferente con ella el día anterior... Sin esa helada distancia que había intentado imponer al principio era otro hombre. El día anterior había temblado de pasión y emoción. Y a ella le encantaba esa profundidad, esa capacidad de sentimiento, aunque estuviese acostumbrado a esconderlo del mundo. Había sido protector, tierno y un amante maravilloso. En todos los sentidos había sido todo lo que ella quería. Entonces, ¿por qué estaba tan inquieta?

Posiblemente, era la revelación de Cyrus sobre Paul lo que hacía que se sintiera tan insegura. Necesitaba olvidar lo que le había contado y dejarlo en el pasado, donde debía estar. De verdad había querido a Paul y había llorado su muerte, y nada podría cambiar eso. Habían estado unidos por profundos lazos de amistad y cariño y esa era la mejor forma de recordarlo. Cómo había vivido antes de conocerla era irrelevante y sería una tontería dudar de su buen juicio por algo que no sabía a ciencia cierta.

Sonó un golpecito en la puerta y Prunella sonrió, apoyándose en las almohadas, cuando Max entró con los dos perros tras él.

—He dejado el desayuno en la terraza. Se llega a través del invernadero, al final del pasillo —Max desapareció en el cuarto de baño y salió después con una elegante bata de seda de color verdemar y un par de zapatillas.

—Eso no es mío —dijo Prunella.

—Los armarios de la parte izquierda están llenos de ropa —le explicó él, quitando la etiqueta de un tirón y dejando la bata a los pies de la cama.

Cuando salió de la habitación, Prunella se levantó para ir al baño. Se lavó los dientes y se pasó un cepillo por el pelo enredado antes de mirar en los armarios que había pensado eran para uso de Nikolai. Dentro había un montón de vestidos y conjuntos sobre rejillas para zapatos y los cajones estaban llenos de preciosos conjuntos de ropa interior. Suspirando, volvió al dormitorio para ponerse la bata y meter los pies en las delicadas zapatillas.

Rory y Butch esperaban para acompañarla al invernadero, que había sido restaurado, pero en el que por desgracia aún no había plantas. Se sentó en la terraza, al sol, y miró el jardín privado que rodeaba la casa. Max había dejado una bandeja con el desayuno y se sirvió un té antes de untar mantequilla en una tostada. No estaba acostumbrada a esos lujos decadentes y frívolos, pero tampoco iba a discutir con Max. Los perros se aburrían y decidieron bajar al jardín por la escalera de caracol.

Prunella tomó su té pensando en Nikolai. Seguramente habría dormido en su apartamento la noche anterior mientras ella estaba desvelada, preguntándose cuándo volvería. Eso había sido un error y, sin duda, no sería el último que cometiera si seguía intentando convertir su acuerdo con Nikolai en una relación normal. Tristemente, nunca podría ser normal; el suyo era un acuerdo puramente temporal, ¿no? Que Nikolai le comprase ropa y joyas nunca le parecería normal en esas circunstancias, pero tendría que soportarlo.

Su familia estaba a salvo y contenta, y eso era lo que de verdad importaba, se dijo a sí misma. En tres meses, cuando hubiese roto con Nikolai, seguiría teniendo toda la vida por delante. Se movió en la silla de hierro forjado, haciendo una mueca al notar un dolorcillo entre las piernas, el recordatorio de que ya no era la misma mujer que había sido el día anterior.

Nikolai era asombroso en la cama y eso era una suerte para ella. Pero era sexo, solo sexo, como su relación con Paul había sido en realidad poco más que una buena amistad, tuvo que reconocer. Tal vez era su destino tener relaciones con hombres que no la amaban, pero no iba a dejar que le rompiesen el corazón otra vez. Estaba aprendiendo de Nikolai, posiblemente haciéndose adulta, pensó con cierto pesar. Un año antes había odiado a Nikolai por hacer que lo desease cuando pensaba que debería seguir estando de luto por Paul. Pero ¿cómo podía nadie imponer un calendario al dolor o a la fiebre del deseo? Desde que conoció a Nikolai había provocado una tormenta en ella. Su respuesta había sido inmediata, básica y totalmente instintiva. Intentar evitarlo, intentar apagar el fuego, hubiera sido como intentar controlar la marea.

Y Nikolai tampoco había intentado controlar la marea, pensó con una sonrisa. No, él había vuelto a buscarla y había luchado para tenerla en su vida y en su cama. La hacía sentirse turbadoramente culpable sa-

berse tan deseada por él porque con Paul siempre había
sido ella la que se quedaba con ganas y sintiéndose in-
adecuada.

Entonces oyó pasos en el invernadero y levantó la
cabeza.

—Prunella... —murmuró Nikolai.

El traje de chaqueta gris oscuro cortado a medida y
la sombra de barba que oscurecía el cuadrado mentón
resaltaban su agresiva masculinidad.

Prunella contuvo el aliento. Podía hundirla en un
proceloso mar de deseo sexual con una sola mirada. Se
le endurecieron los pezones y tuvo que apretar con
fuerza los muslos para controlarse. Como siempre, estaba espectacular, pero notó en él cierta tristeza. Le fal-
taba el vigor al que ya estaba acostumbrada.

Nikolai la miraba con una sonrisa en los labios. La
bata larga que llevaba era de color verdemar y caía a su
alrededor como la cola de una sirena. A la luz del sol,
su perfecta piel de alabastro parecía brillar, enmarcada
por el metálico bronce de su pelo. Sintiéndose un poco
menos como un hombre enjaulado y a punto de entre-
gar la llave de su libertad, se dejó caer en una silla a su
lado.

*Thee mou*, era exquisita.

Max apareció con café y galletas un segundo después. Max, pensó Nikolai, sabiendo que era un problema al que debía enfrentarse. Max había dejado entrar a Cyrus en su casa y eso era inaceptable.

Los perros subieron entonces para investigar. Al menos Butch intentó hacerlo, pero era incapaz de subir los
empinados escalones con sus tres patitas y, cuando se
quedó sentado abajo, dejando escapar un penoso ladrido, Nikolai se apiadó del pobre animal y se levantó
para ayudarlo.

—Aprenderá. Ha aprendido a bajar sin hacerse daño

–comentó Prunella, aunque estaba gratamente sorprendida por ese amable gesto.

–Todos aprendemos de nuestros errores –Nikolai volvió a sentarse y cruzó un pie sobre otro, la tela de sus bien cortados pantalones delineaba los poderosos muslos–. Por ejemplo, yo cometí un error especificando que estaríamos juntos solo durante tres meses.

–Ah –Prunella se quedó inmóvil, perpleja–. ¿Ah, sí?

–Tres meses no es nada y no quiero poner un límite de tiempo. Quiero quedarme contigo –dijo Nikolai entonces, como si lo que estaba diciendo fuese algo impersonal, un simple asunto de negocios.

–Yo no soy Butch. No creo que puedas «quedarte conmigo» –replicó ella con voz ligeramente temblorosa. Había pensado que quería dar por terminado el acuerdo antes de lo previsto y, de repente, era lanzada en dirección contraria. En realidad, no entendía de qué estaba hablando.

–Espero poder pedirte que te cases conmigo –anunció Nikolai en voz baja, mirándola intensamente.

–¿Casarme contigo? –Prunella irguió los hombros en un gesto defensivo–. Yo te pedí que te casaras conmigo y dijiste que el matrimonio estaba fuera de la cuestión.

–Tú tenías razón, yo estaba equivocado. Tampoco hay que darle tantas vueltas –el tono de Nikolai era sospechosamente razonable.

Prunella no entendía nada. En su experiencia, a los hombres les resultaba casi imposible admitir que estaban equivocados, pero él lo admitía sin el menor problema.

–¿Me estás pidiendo que me case contigo de verdad?

–Sí, claro. Creo que nos llevaríamos bien –respondió él.

–¿En qué sentido? –preguntó ella, bajando la voz–. ¿En la cama?

–No, no estaba pensando en eso –mintió Nikolai.

Fascinada, Prunella observó que un ligero rubor oscurecía sus esculpidos pómulos y se alegró infinito al descubrir que era capaz de sonrojarse. Tal vez de verdad el sexo había sido tan asombroso como él decía que era. Tenía que ser eso. ¿Por qué si no estaría hablando de matrimonio cuando previamente se había negado en redondo?

–Así que quieres casarte y «quedarte conmigo» –resumió, pensando que una proposición de matrimonio no podía ser más básica y medieval.

–Tu familia se alegrará... creo.

–Sí, tienes razón –asintió ella, sabiendo que una alianza aplacaría la preocupación de su padre y su abuela porque ese era un compromiso en el que confiarían de verdad.

Nikolai se inclinó hacia delante y apretó su mano.

–Pienso hacer todo lo que sea posible para hacerte feliz.

–Es una gran aspiración.

–Me gusta apuntar alto.

–Aún no he dicho que sí –Prunella miró nerviosamente la mano morena y grande que envolvía la suya. Luego miró los ojos de color caramelo, esos ojos tan peligrosos como un lago infestado de malas hierbas para un nadador solitario, pensó locamente. Cada vez que lo miraba a los ojos sentía un ejército de mariposas revoloteando por su estómago y razonar se convertía en una tarea imposible. Estaba enamorándose de él, tuvo que reconocer, enamorándose de un hombre frío y sin escrúpulos que se saltaba las reglas e ignoraba todas las barreras que ella intentaba imponer.

–Pero yo espero que lo hagas –dijo Nikolai, bajando la cabeza para ocultar sus expresivos ojos.

No se le daba bien fingir humildad, pensó ella diver-
tida. Y no estaba convencida del todo. Nikolai era rico,
guapísimo, un hombre de éxito, y estaba segura de que
había tenido que esforzarse mucho para llegar donde
estaba. Cyrus había dicho que los padres de Nikolai
habían sido un traficante de drogas y una prostituta... y
no se le ocurría una forma amable o prudente de preguntar si esa era la verdad. Lo único que sabía era que
a veces hacía que desease abrazarlo con todas sus fuerzas y que cuando no estaba cerca era un poco como si
el sol hubiese desaparecido de repente. No entendía
cómo podía haberse vuelto tan importante para ella en
tan poco tiempo, pero así era. Nikolai Drakos tenía una
enorme importancia en su vida.

—Me gustaría tener hijos —expresó Prunella abruptamente.

Él levantó la oscura cabeza, con un brillo de confu-
sión en los ojos de color caramelo.

—¿Qué?

—¿Por qué pareces tan sorprendido? La mayoría de
las mujeres quieren tener hijos. No hablo de este año o
el que viene porque aún tengo que terminar la carrera,
pero algún día me gustaría tener hijos... y creo que ser
sincera es lo mejor.

«Algún día».

—Yo nunca he querido tener hijos —le confesó Nikolai.

—Pues me temo que eso no es negociable. Además,
seguramente tendrías que compartir tu casa con un
montón de perros y gatos abandonados. Y eso tampoco
es negociable —Prunella decidió darle las malas noticias
de un tirón antes de perder el valor y empezar a intentar
ser alguien que no era.

Ninguno de esos cambios iba a ocurrir de la noche a
la mañana, se dijo Nikolai. Ella estaba pisoteando sus

más firmes convicciones porque creía que seguirían casados para siempre. Pero, por supuesto, no sería así, pensó con tristeza. Ella volvería a la universidad y, tarde o temprano, conocería a algún joven amante de los animales y se daría cuenta de que él no era lo que quería.

Y él la dejaría ir.

De repente, experimentó una extraña sensación de angustia. Se la imaginó en el campo, rodeada de niños y perros. Su casa y su familia serían lo más importante para ella siempre. Sabía eso con toda seguridad. Él no podría darle nada de eso porque no formaba lazos permanentes con nadie, pero Prunella se merecía esas cosas tanto como el amor de un hombre que la amase de verdad.

–¿De verdad los hijos son un punto de ruptura? –preguntó ella, atribulada por su expresión seria–. ¿En qué estás pensando?

Nikolai se levantó para tirar de ella y sentarla sobre sus rodillas.

–Cosas privadas.

–Si te casas conmigo no habrá más cosas privadas –le advirtió Prunella.

–Los hijos no tienen por qué ser un punto de ruptura si estás hablando de tenerlos dentro de un par de años, ¿no?

–¿Y si me quedase embarazada por accidente?

–Yo siempre tengo mucho cuidado.

Prunella apoyó la cabeza en su pecho, respirando el aroma de su cara colonia y ese otro aroma, único y sexy, que era solo suyo.

–¿De verdad quieres quedarte conmigo?

Nikolai ocultó sus ojos tras las largas pestañas. Sabía que si un joven amante de los animales apareciese en ese momento lo tiraría escaleras abajo y saltaría sobre su cadáver. La deseaba más de lo que era razonable, pero debía ser generoso por ella.

–Te haré feliz, *glikia mou* –le prometió. Y lo decía absolutamente en serio.

La haría feliz a costa de lo que fuera. Se olvidaría de su deseo de vengarse de Cyrus, que había consumido su vida durante los últimos cinco años. Le daría la espalda a ese canalla para siempre. Prunella sería su primera, su única prioridad.

–Creo que puedes hacerlo –admitió ella con un tono cargado de ternura.

Quería más tiempo con él. Necesitaba estar con él porque el corazón se le aceleraba y luego estaba a punto de pararse al imaginarse su vida sin él. Era algo visceral, un sentimiento aterradoramente poderoso e incomprensible para ella. Solo entendía que necesitaba estar con Nikolai. Y había mucho que decir a favor de un hombre que quería casarse con ella, pensó. Después de todo, había estado prometida durante cuatro años con un hombre que siempre encontraba alguna excusa para no fijar una fecha para la boda. A Paul le gustaba hablar de matrimonio, pero solo eso, hablar.

–Entonces, me casaré contigo –anunció Prunella con una sonrisa radiante.

Nikolai la besó, produciéndole un estremecimiento de anhelo que la dejó desmayada y sin aliento. Luego volvió a sentarla en su silla y sacó una cajita del bolsillo que Prunella miró con cara de asombro.

–¿Tienes un anillo?

–No podía pedirte matrimonio sin ofrecerte un anillo –respondió él, poniendo una sortija de diamantes en su dedo.

–Es precioso –susurró ella, admirando el brillo de las piedras bajo el sol–. Gracias...

–Me quedaré en mi apartamento hasta la boda –dijo Nikolai entonces.

–¿Por qué?

–Quiero que tracemos una línea entre dónde empezamos y cómo vamos a continuar –admitió Nikolai–. Todo será diferente cuando nos hayamos casado.

–Nik ha quedado con un decorador para que vea la casa la próxima semana –le contó Prunella a Max mientras le servía el desayuno dos días más tarde–. Quiero guardar todas las fotografías, las cartas y los papeles en algún sitio para que nadie los tire por accidente. Estoy segura de que, en algún momento, Nik querrá examinarlo todo. ¿Por dónde crees que debemos empezar?

–Por el escritorio del difunto señor Drakos en la biblioteca. Allí es donde guardaba todos sus papeles mientras trabajaba –respondió el hombre–. Intentaré examinar bien cada habitación antes de marcharme.

Prunella frunció el ceño.

–¿Marcharte? –repitió–. ¿Dónde vas? ¿De vacaciones?

Max se puso serio.

–Voy a ser reemplazado, señorita Palmer. Es comprensible que su futuro marido tenga poca fe en el hombre que permitió que Cyrus Makris entrase en su casa.

¿Max había sido despedido por eso? ¿Y por qué Nikolai no le había informado de tal decisión?, se preguntó ella, atónita y furiosa.

–Pero eso no fue culpa tuya. Quiero decir... lo que pasó.

–Lo que pasó, pasó –señaló el hombre con énfasis–. Yo tomé una mala decisión y usted sufrió por ello. Es mejor no hablar del asunto, señorita Palmer. No solo permití entrar a ese hombre, sino que la dejé a solas con él.

Prunella estuvo a punto de contradecirlo, pero se tragó las palabras porque seguir comentando el asunto lo avergonzaría más. No, tenía que hablar directamente con Nikolai.

–Voy a salir un rato. Mientras estoy fuera podrías empezar a guardar en cajas los papeles y las fotos de las que hemos hablado. Si hay alguna cosa en especial que te parezca importante, por favor, guárdala para enseñármela –había perdido el apetito y se levantó, dispuesta a la batalla–. Voy a buscar mi bolso.

–Su chófer estará esperando fuera.

–¿Mi chófer?

–El señor Drakos ha puesto un coche con chófer a su disposición... y también un guardaespaldas –le explicó Max–. Quiere asegurarse de que esté segura durante las veinticuatro horas del día.

Prunella sacudió la cabeza, estupefacta. ¿Un chófer y un guardaespaldas? ¿Nikolai se había vuelto loco? Ella era una mujer normal y no necesitaba que nadie la llevase a ningún sitio ni la protegiera de nada. Debería haberlo comentado con ella antes de tomar esas decisiones.


La oficina de Nikolai estaba en un rascacielos de acero y cristal, con el logotipo de las empresas Drakos, que parecía ser un dragón... ¿o era una diosa alada como su tatuaje? No había tenido oportunidad de mirarlo más de cerca porque, para hacerlo, Nikolai tendría que quitarse la camisa otra vez. Un brillo travieso apareció en sus ojos verdes y se ruborizó mientras subía al ascensor, flanqueada por su silencioso guardaespaldas, John. John era tan formidablemente reservado que si no fuera por su enorme sombra casi habría olvidado que estaba allí.

La recepcionista le dijo que el señor Drakos estaba en una reunión y Prunella le envió un mensaje advirtiéndole que *tenía* que hablar con él urgentemente. Unos minutos después, una mujer mayor salió para acompañarla a su despacho.

–Puede esperarme aquí –le dijo al guardaespaldas.

Se pasó una mano por los finos pantalones de lana y la chaqueta de cachemir que, con las botas de tacón de aguja, le daban un aire muy sofisticado. Debía reconocer que, llevando el anillo de Nikolai en el dedo, no tenía tantos escrúpulos para aceptar la ropa que le compraba. Le parecía bien, como le había parecido bien llamar a su abuela y a su padre para compartir con ellos la noticia y sonreír al ver que se mostraban contentos. Sin embargo, esa sonrisa escondía una profunda inseguridad porque había ciertos hechos que no podía ignorar. No conocía a Nikolai desde hacía mucho tiempo, pero sabía que no era la clase de hombre que compartía sus asuntos personales con nadie. Pero allí estaba, dispuesta a enfrentarse con él por lo que ella veía como una decisión errónea e injusta.

–Tenemos que discutir un asunto –le dijo en cuanto entró en el despacho.

Nikolai la estudió con los ojos velados.

–Eso no suena muy prometedor, pero me gustan las botas.

–Claro que te gustan. A todos los hombres les gustan los zapatos de tacón. Eres muy previsible en ese aspecto, pero cuando despediste a Max estabas siendo un tirano... y yo no quiero casarme con un tirano, Nikolai.

Él frunció el ceño, enfadado.

–¿Se ha quejado?

–No, no se ha quejado. Yo lo descubrí... por accidente en realidad –le aseguró ella, a la defensiva–. ¿Es que no ves que estás siendo injusto? ¿Le habías dicho a Max que no dejase entrar a Cyrus en tu casa?

–No –respondió Nikolai.

–Bueno, pues entonces no puedes culparlo por lo que pasó. Yo recibí a Cyrus y le hice pasar. Max no lo conocía de nada.

–Pero Max no debió marcharse. No puedo cerrar los ojos ante eso y a quien contrate para asegurarme de tu bienestar es cosa mía –dijo Nikolai con tono firme.

Prunella decidió no darse por vencida.

–Yo diría que contratar y despedir al personal de la casa es asunto de la esposa.

–Pero aún no estamos casados y no eres mi esposa –le recordó él, obstinado–. Por tanto, la responsabilidad sigue siendo mía.

–Si quieres que sea nuestra residencia de casados y me quieres a mí como esposa tendrás que escucharme –insistió ella, frustrada–. Estás siendo muy injusto con Max. ¿Si yo no sabía que Cyrus era un hombre violento cómo iba a saberlo él? ¿Cómo iba a saberlo nadie?

Y esa era la cuestión, pensó Nikolai con amargura. Todo lo que había ocurrido era culpa suya. Solo él sabía que Cyrus era un hombre peligroso, pero jamás se le hubiera ocurrido pensar que se atrevería a entrar en su casa para atacar a Prunella. Seguramente se había enterado del incendio del hotel y había pensado que esa mañana estaría ocupado.

Debería haberle dicho a Max que no dejase entrar a Cyrus Makris en su casa bajo ningún concepto, pero esa posibilidad ni siquiera se le había ocurrido. Cuando supo que estaba allí, cuando descubrió que había atacado a Prunella, lo había visto todo rojo. Sabía que si ella no hubiese intervenido habría matado a golpes a ese canalla. Y, al final, lo que había hecho era buscar una cabeza de turco, alguien a quien culpar en tan insostenible situación. Alguien que no fuera él mismo, claro.

En el tenso silencio, Prunella estudió a Nikolai. Sabía que estaba pensando a toda velocidad, pero, como siempre, no compartía sus pensamientos con ella.

–Dijiste que querías hacerme feliz y a mí me gusta Max. Estabas destrozado ese día, después del incendio, y el terrible episodio con Cyrus te disgustó aún más. Pero no hagas que Max pague por algo que no fue culpa suya.

–Si estoy equivocado, cambiaré mi decisión –declaró Nikolai.

–¿Y por qué de repente tengo un chófer y un guardaespaldas del tamaño de una montaña?

Nikolai dejó escapar un largo suspiro, preguntándose si aquello era lo que prometía ser su matrimonio con Prunella. ¿Iba a cuestionarlo a cada paso? Él siempre había tomado decisiones sin contar con nadie y, de repente, se veía obligado a defender o reconsiderar sus puntos de vista. No iba a ser fácil mostrarse menos rígido y más flexible por ella.

Hacer feliz a Prunella no iba a ser nada fácil.

–No voy a disculparme por contratar un guardaespaldas. Es responsabilidad mía mantenerte a salvo y eso es algo que me tomo muy en serio –le aseguró–. No voy a arriesgarme a que Cyrus vuelva a acercarse a ti.

–¿Tú crees que volvería a intentarlo? –preguntó ella, asustada.

–Ese día estaba fuera de sí y no creo que podamos dar por sentado que mantendrá las distancias. Prefiero asegurarme de que tengas protección cuando no estás conmigo.

Prunella observó sus oscuras facciones y contuvo un suspiro.

–¿Y sobre Max?

–Me lo pensaré, pero no voy a reconsiderar mi decisión de contratar un chófer y un guardaespaldas –anunció Nikolai–. No insistas, Prunella.

–Aún tenemos mucho que descubrir el uno del otro –susurró ella–. ¿Te estoy estresando?

Él tuvo que disimular una sonrisa.

–Tengo los hombros anchos.

No iba a admitir que había cometido un error al despedir a Max, pero ella sabía que había ganado porque también era un hombre justo. Lo había forzado a reconocerla como una igual, como alguien a quien debía dar explicaciones. Y eso le gustaba.

Nikolai la miraba con los labios apretados. No iba a arriesgarse con su seguridad y le daba igual si infringía los límites de su libertad. Si le ocurriese algo nunca se lo perdonaría a sí mismo. Tenía que cuidar de ella. Unas semanas atrás no había entendido la responsabilidad que aceptaba al llevarla a su casa, pero en ese momento lo entendía.

Prunella era lo primero, lo segundo y lo tercero. Cuando conociese al joven amante de los animales seguramente se sentiría aliviado de dar un paso atrás. Al menos, ese debería ser su objetivo. La responsabilidad de una relación debía hacer que un hombre anhelase libertad. Y, si Prunella conocía a otro hombre, ¿volvería él a ser el de siempre?

Era tristemente consciente de que algo había cambiado desde el momento que volvió a ver a Prunella. Su legendario autocontrol había desaparecido, su proceso mental ya no era del todo suyo. Prunella se había colado en sus pensamientos mucho más a menudo de lo que era razonable y, sin embargo, lamentaba haber anunciado que vivirían separados hasta el día de la boda.

Tan turbadores eran los cambios que reconocía en sí mismo que se sentía a merced de reacciones, pensamientos y ansiedades que había suprimido durante años. Esa inestabilidad lo sacaba de quicio y lo hacía sentirse como un hombre al borde de un precipicio. Y lo peor de todo era que la idea de ver a Prunella con otro hombre hacía que apretase los puños de rabia. En ese momento no podía enfrentarse a esa posibilidad, pero seguramente con el tiempo se calmaría, ¿no?

Sería muy sencillo. Se acostumbraría a tenerla cerca y se cansaría. Y ella se cansaría también. Querría recuperar su libertad y él la dejaría ir. ¿O no?

# Capítulo 8

ENTONCES, va a reemplazarlo por uno nuevo? –le preguntó Prunella a la enfermera, que le estaba quitando el implante anticonceptivo del brazo.

–El doctor Jenks solo me ha pedido que le quite este –respondió la mujer.

Tal vez el médico pensaba que el implante estaba provocando efectos secundarios, pensó. Y eso significaría que debía buscar otro método anticonceptivo. Con un poco de suerte, uno que no le quitase el apetito. Solo había acudido a la consulta porque no se encontraba bien del todo. No estaba enferma exactamente, pero no tenía ganas de comer y estaba cansada todo el tiempo. Le habían hecho un montón de pruebas el día anterior y el doctor Jenks quería volver a verla.

Se alegraba de haber vuelto a casa porque de ese modo había podido acudir a su médico habitual en lugar de tener que encontrar uno nuevo en Londres. Había convencido a Nikolai de que debían casarse allí para que pudiesen acudir familiares y amigos, y al día siguiente sería el gran día. Aún no podía creérselo, pero la realidad era que estaba deseando convertirse en la esposa de Nikolai Drakos.

–Se llama amor –le había dicho su abuela alegremente–. Estaría preocupada si no te hiciese ilusión casarte con él.

Conteniendo el deseo de pasar una mano por el dolorido brazo, Prunella volvió a la consulta del médico.

Estaba pensando en su vestido de novia, que era divino, cuando una de las palabras del médico interrumpió sus pensamientos.

Concebir... «¿concebir?». De repente, se le quedó la mente en blanco, como si no entendiese el significado de la palabra. Era tan inesperado, tan imposible, que no podía creérselo.

—¡Pero si llevaba un implante! —exclamó, apretando las manos sobre el regazo.

—Como he dicho, el implante solo es efectivo durante tres años y usted no ha vuelto a la consulta y no ha respondido a la carta que le enviamos.

—Pero solo han pasado tres años desde... —empezó a decir Prunella. Pero no estaba segura.

El doctor Jenks repasó las fechas con ella. De hecho, se había puesto el implante cuatro años antes y recordaba vagamente la carta en la que le recordaban que debía pasar por la consulta. Cuando Paul murió, ese asunto no estaba en su lista de prioridades, pero se quedó helada al pensar que mientras perdía su virginidad con Nikolai no estaba protegida como había creído ingenuamente. Su mayor error había sido suponer que el implante duraba cuatro años cuando en realidad solo eran tres.

Y había «concebido».

Nikolai se llevaría un disgusto, pero ella tampoco podía recuperarse de la sorpresa.

Hasta ese momento había creído que la sinceridad en una pareja era fundamental para mantener la relación. Pero, de repente, se encontró cambiando de opinión. Colocarse a su lado en el altar para convertirse en su esposa y anunciar casi simultáneamente que estaba embarazada arruinaría el día.

Él se llevaría un disgusto porque no estaba preparado, se estresaría porque a Nikolai le gustaba planear bien las cosas. Le gustaba tenerlo todo en su sitio, todo bien ordenado. Y no había nada ordenado en un embarazo no planeado cuando aún no estaban casados siquiera. Además, él había sido brutalmente claro sobre esperar unos años para tener hijos.

Pensaban ir a Creta de viaje de novios y alojarse en la casa que Nikolai poseía allí. Se lo contaría en la isla, decidió, cuando estuviese relajado y pudiera soportar aquella noticia tan inesperada.

¡Embarazada! Prunella volvió a casa pensando que su madre debió de llevarse la misma sorpresa. Después de todo, ella no había sido una hija planeada y su llegada al mundo había estado a punto de hacer descarrilar los planes profesionales de su madre. Claro que poco después de su nacimiento se había ido a California, dejándola con su padre y su abuela. Marcharse había sido su decisión... ¿Y si Nikolai estaba tan firmemente convencido de no formar una familia inmediatamente que hacía lo mismo?

No debía ponerse en lo peor, se dijo. Nikolai había dicho que estaba dispuesto a formar una familia algún día y no había nada de malo en ocultar la noticia durante unos días. No iba a contar ninguna mentira, solo iba a contárselo más tarde, razonó.

Prunella sabía que, una vez más, sus propios planes tendrían que quedar en suspenso porque sería muy difícil terminar la carrera mientras estaba embarazada. Pero también sabía que a veces era necesario aceptar los cambios de buen grado. Solo sería malo si se permitía pensar que lo era.

Muy bien, tuvo que admitir, el momento no era el que ella hubiese elegido, pero siempre había querido tener hijos. Pensó entonces en lo peor que podría haber pasado, que el médico le hubiese dicho que era incapaz de concebir, por ejemplo, y eso hizo que se animase un poco. En cuanto a Nikolai... envolvería la noticia como el regalo que ella creía que era y se lo presentaría en el mejor de los momentos.

–Estás tan guapa... –dijo su abuela, entusiasmada, mientras Prunella daba una vuelta al pie de la escalera.

Los ojos de su padre se empañaron al verla con el vestido de novia. El precioso encaje era el único adorno porque Prunella, consciente de su baja estatura, había optado por un sencillo diseño de manga larga y discreto escote en la espalda. En los pies llevaba algo mucho menos conservador: unos botines de encaje blanco y altísimo tacón, con medias y liguero. A Nikolai le gustaban las botas y había decidido darle esa pequeña sorpresa.

No les había dicho una palabra del embarazo, por supuesto. Antes que nadie, debía saberlo el padre del bebé y aún no estaba preparada para darle la noticia.

Fueron a la pequeña iglesia local en la limusina que Nikolai había enviado, con su guardaespaldas detrás en otro coche. La iglesia estaba llena de gente y Prunella recorrió el pasillo del brazo de su padre, fijándose en los rostros desconocidos en el lado de Nikolai y pensando que era muy triste que en esos bancos no hubiera un solo familiar. Sin embargo, había descubierto por las cartas y tarjetas que había encontrado en el escritorio de su abuelo que tenía dos hermanas que aún vivían en Creta, de donde era originaria la familia Drakos, y se preguntó si Nikolai habría utilizado esa información para ponerse en contacto con sus olvidados parientes.

Nikolai contenía el aliento mientras observaba a la novia acercándose al altar. Él sabía que la perfección no existía, pero solo veía perfección, desde el elegante moño a la delicadeza de su esbelta figura envuelta en el exquisito encaje del vestido. Había pasado menos de una semana desde la última vez que la vio, pero le parecía una eternidad. *Thee mou*, la deseaba tanto que no podía dormir y, como se había dicho frecuentemente a sí mismo, casarse significaba el final de las duchas frías y de preguntarse dónde estaba, qué estaría haciendo o con quién. Mientras se acercaba, la miraba con un brillo de admiración, orgullo y posesión en los ojos.

Prunella sonrió cuando llegó al altar, mirando esos ojos de color caramelo derretido, el mentón bien afeitado y los altos pómulos que daban a sus morenas facciones ese magnetismo electrizante. Cuando puso la alianza en su dedo pensó en el bebé con una profunda sensación de felicidad. Como se había enterado pronto el embarazo tardaría en notarse, de modo que tenía tiempo antes de preocuparse por contarle que iba a ser padre.

Después de la ceremonia fueron al hotel donde tendría lugar el banquete.

–Tienes muchos amigos –comentó ella.

–En general son socios o conocidos del mundo de los negocios –le explicó Nikolai–. Mientras que tú pareces tener cientos de primos.

–Mi padre tiene seis hermanas –le recordó ella.

–Mis mejores deseos. Soy Mariska Makris, la hermana de Cyrus –se presentó una mujer morena de mediana edad, con un soberbio collar de diamantes, mientras la pareja circulaba entre los invitados recibiendo parabienes. Nikolai había mencionado que Mariska estaría en la boda y sabía que llevaba años sin hablarse con su hermano, de modo que el encuentro no sería incómodo.

–Prunella... Drakos –Prunella soltó una carcajada–. Es tan raro usar un apellido diferente al que he usado toda mi vida... pero él quería que adoptase el suyo.

–Naturalmente, es usted el triunfo de Nikolai –asintió Mariska con una sonrisa de satisfacción.

–En fin, gracias –respondió Prunella después de una pausa, porque no se le ocurría qué decir.

–Nikolai y Cyrus han sido enemigos durante tanto tiempo que mi hermano olvidó vigilar su espalda –dijo la mujer morena antes de alejarse con paso aristocrático.

Prunella parpadeó, sorprendida. «¿Enemigos?». ¿Desde cuándo eran enemigos Nikolai y Cyrus? Sabía que no se llevaban bien y creía que eran rivales en los negocios, pero ella había dicho «enemigos» y eso parecía algo mucho más profundo. Los dos hombres eran griegos, esa debía de ser la conexión. Pensando que preguntaría a Nikolai más tarde, se sentó a la mesa cuando comenzó el banquete.

Después de comer fue al lavabo para retocarse un poco el maquillaje y, cuando se apartó para dejar entrar a un grupo de mujeres, escuchó a una decir en voz alta:

–Lo que quiero saber es qué tiene ella que no tengamos las demás. Nikolai es un hombre de hielo y nos dejó a todas sin pensárselo dos veces.

Prunella enarcó las cejas. ¿Las había dejado a todas? ¿Quiénes eran aquellas mujeres, sus exnovias?

–La verdad es que es preciosa –opinó otra mujer con tono afligido.

–¡Es diminuta! –objetó una tercera–. Pero debe de tener algo especial para que Nikolai se case con ella.

–Tal vez sea una fiera en la cama –sugirió la primera.

–O tal vez por fin ha encontrado el amor –dijo la voz más amable, la que había descrito a Prunella como «preciosa».

Eso despertó un coro de protestas.

–Cuando las ranas críen pelo –fue una de las opiniones más respetables.

Levantando la barbilla y haciendo acopio de amor

propio, Prunella pasó frente al grupo de mujeres, todas elegantemente vestidas, todas guapísimas. Una simple mirada fue suficiente para reconocer que Nikolai tenía muy buen gusto y aunque, aparentemente, les había roto el corazón, todas habían acudido a la boda con sus parejas. Qué ingenua había sido al no pensar que eso pudiera ocurrir.

Prunella se miró en el espejo. «¿Diminuta?». Bueno, comparada con esas mujeres debía admitir que lo era. Al parecer, a Nikolai le gustaba un tipo muy particular de mujer porque todas eran altas y rubias. Entonces, ¿por qué la había elegido a ella? No podía dejar de recordar lo que Cyrus había dicho sobre la fama de canalla que, supuestamente, Nikolai tenía con las mujeres. Y, posiblemente, era cierto, pensó, pero la gente podía cambiar, ¿no?

–Estás tiesa como un palo –se quejó él cuando abrieron el baile, algo de lo que Prunella no se sentía muy segura delante de tanta gente–. Y estás muy callada. Naturalmente, estoy preocupado.

–¿Cuántas de tus exnovias han venido a la boda?

Prunella notó que sus hombros se ponían tensos.

–Un par de ellas, y solo porque ahora están casadas con amigos míos. ¿Por qué? ¿Alguien se ha metido contigo?

–No me hables como si fuese una niña pequeña –Prunella tenía que echar la cabeza hacia atrás para mirarlo y se sentía minúscula a pesar de los altos tacones.

–Si no me dices qué te pasa no puedo hacer nada.

–No pasa nada –respondió ella, respirando el aroma de su colonia y el intrínseco olor que era puramente él y que calentaba algo en su interior. No iba a dejar que sus inseguridades la empujasen a discutir con él el día de su boda–. Pero te lo advierto, soy celosa. Y puede que sea pequeña, pero soy letal.

–Eso ya lo sabía –le confesó Nikolai, acariciándole la espina dorsal con un dedo–. Letalmente atractiva y letalmente sexy.

–Y espera a ver los botines –bromeó ella, halagada al notar el roce de algo duro en el vientre–. Y las medias con liguero.

–¿Voy a tenerte con medias y liguero en mi noche de bodas? –susurró Nikolai–. ¡Vámonos ahora mismo, *khriso mou*!

Riéndose, Prunella olvidó los cotilleos que había escuchado en el lavabo. Por supuesto, Nikolai tenía un pasado, pero así era la vida y tendría que soportarlo.


–Me entristeció ver que no había un solo pariente tuyo en la iglesia –le confesó Prunella durante el viaje en jet privado a Creta.

–Pues a mí no –dijo Nikolai, arrellanándose en el asiento de piel–. Claro que yo no tuve una infancia tan bonita como la tuya.

–No lo creas, yo no tuve madre.

–Pero tuviste un padre y una abuela que te querían mucho. Eres muy afortunada.

Tal vez, pensó ella, pero nunca olvidaría lo rechazada que se sintió cuando conoció a su madre de adolescente. No lamentaba haberse marchado y lo que más le dolió fue que no tenía el menor interés en mantener una relación con ella. Había sido un único encuentro y una terrible decepción. En realidad, había hecho que Prunella apreciase aún más a su padre y su abuela.

–La familia puede ser tóxica –comentó Nikolai con gran cinismo.

–¿Cómo de tóxica? –quiso saber ella, insegura–. Háblame de tu infancia.

–No es una historia bonita.

–Puedo soportarlo, no te preocupes. Háblame de tu padre.

Nikolai hizo una mueca.

–Sé que se metió en líos desde muy joven. Lo echaron de varios colegios por vender drogas...

–¿Cómo lo descubriste?

–El abogado de mi abuelo me contó lo que sabía sobre mi pasado cuando intentaba explicarme por qué el viejo no tenía intención de verme –le explicó él, haciendo una mueca–. Aunque mi padre había recibido todo su apoyo y numerosas oportunidades de cambiar de vida seguía volviendo a las drogas y la violencia.

–Algunas personas nacen con ciertas tendencias –comentó Prunella. Era muy triste que Nikolai ni siquiera pudiese respetar la memoria de su padre. Ningún hijo querría crecer con una influencia así–. ¿Y tu madre?

–Ella era rusa... una bailarina de striptease llamada Natalya.

–¿Eres medio ruso? –exclamó ella sin poder ocultar su sorpresa.

Nikolai asintió con la cabeza.

–Cuando Natalya se quedó embarazada de mi hermana, mi padre se casó con ella. Posiblemente la única cosa convencional que hizo en toda su vida. En algún momento mi abuelo lo desheredó y rompió todo contacto con él. Tengo muy pocos recuerdos antes de los cinco años –admitió, intentando disimular su amargura–, pero sí recuerdo el caos, los gritos, esconderme detrás de alguna puerta, con mi hermana intentando que no hiciese ruido. Mi padre siempre estaba entrando y saliendo de la cárcel y nos mudábamos continuamente. La policía venía a casa con frecuencia, sufríamos ataques de pandilleros... pero mi hermana cuidaba de mí.

Prunella, atónita, comprendía al fin por qué había dicho que la familia podía ser tóxica.

—¿Por qué no te cuidaba tu madre? ¿Estaba trabajando?

—No, ella no trabajaba. Siempre estaba por ahí, bebida o drogada. De no haber sido por Sofia me habría muerto de hambre o me habrían matado a palos. Mi padre pagaba sus frustraciones conmigo —Nikolai hablaba sin expresión, como midiendo sus reacciones, y Prunella intentó disimular una compasión que podría dañar su amor propio—. Le rompió la nariz a Sofia en una ocasión, cuando se interpuso entre los dos para protegerme... yo era más su hijo que de mi madre.

—Siento mucho que fuese tan horrible para ti —susurró ella, con un brillo de compasión en los luminosos ojos verdes que no podía ocultar.

Se preguntaba si alguien, aparte de su hermana, lo habría querido. Su hermana, a quien también había perdido. ¿Era por eso por lo que se aislaba de todo? ¿Por lo que era tan solitario?

—Mis padres murieron en un accidente de coche cuando yo tenía diez años y mi abuelo creó un fideicomiso para pagar mi educación. Me enviaron a un internado en Inglaterra.

—Guardó todas tus cartillas escolares —le recordó Prunella, que le había contado lo que había encontrado en el escritorio de su abuelo—. Y, sin embargo, nunca quiso conocerte.

—Supongo que temía llevarse una desilusión. Creo que para entonces había entendido que cuando pones tu cariño en alguien puede hacerte daño y ya era muy mayor.

—Así que se apartó de ti —Prunella suspiró—. Pero se perdió tantas cosas... Evidentemente, tú no eres como tu padre.

–Soy más inteligente, pero no sé si mejor –murmuró Nikolai con sinceridad, estudiándola con su precioso vestido de novia. Tan atrayente y preciosa, tan vulnerable, tan limpia. Seguramente, no había hecho nada malo en toda su vida. Prunella era demasiado buena para él y sabía que no se la merecía. La había seducido gracias a un chantaje... sin honor ni decencia alguna. Y, si lo conociese de verdad, sin pretensiones ni mentiras, no se habría casado con él.

–Tu pasado es lo que te hace ser tan... inseguro sobre formar una familia, ¿verdad? –sugirió ella entonces.

Nikolai se encogió de hombros.

–Por supuesto. ¿Qué sabe un hombre como yo de una familia normal? ¿Cómo podría ser padre cuando no sabría ni por dónde empezar?

–Podrías aprender –murmuró ella.

–¿Y si no tuviese interés por aprender? He oído que los niños suponen una gran presión en una relación de pareja. ¿Por qué iba a arriesgarme? –preguntó Nikolai, sarcástico.

Prunella solo podía pensar en la diminuta semilla que crecía en su útero, a la que hubiera protegido con su vida. Por primera vez tenía miedo de lo que debía contarle. Era cierto que, aunque no sabía nada de una vida familiar, podía aprender. Pero ¿querría hacerlo? Tener un hijo impondría ciertas restricciones en su vida y tal vez Nikolai acabaría resentido. Sin embargo, era importante para ella que el bebé tuviese un padre y una madre porque le había dolido en el alma la ausencia de la suya.

–Y no es que esté inseguro sobre tener hijos –siguió Nikolai–. Sencillamente, nunca he sentido la necesidad de tenerlos.

–Pero aceptaste que... –empezó a decir ella, acalorada.

–Sí, no soy tan egoísta. Me adaptaré a lo que nos depare el futuro.

Pero ¿cómo iba a adaptarse si le disgustaba tanto la idea de ser padre? Prunella tomó aire, angustiada. Tenía que ser paciente, no crítica o testaruda. La miel te llevaba más lejos que el vinagre, pensó. Pero la tensión de Nikolai era evidente. El tema de su disfuncional familia era delicado y le parecía lógico que estuviese a la defensiva. Pero seguía siendo guapísimo, aunque estuviese de mal humor. Se sentía culpable hasta que se le ocurrió el germen de una idea: seducirlo para hacer que olvidase el pasado.

¿Podía hacerlo? ¿Se atrevería? ¿No era aquel el hombre que había movido cielo y tierra para llevarla a su vida y a su cama? Nikolai la deseaba, de eso no había duda. Animada por tal convicción, pero también anhelando la intensa conexión que compartían cuando hacían el amor, se levantó del asiento.

–Pídele al auxiliar de vuelo que se quede fuera –le dijo, nerviosa.

Con el ceño fruncido, Nikolai levantó el teléfono que los conectaba con la cabina y habló durante unos segundos. La miró luego, viendo que se había puesto colorada.

–¿Por qué?

–¿Recién casados? ¿No molestar? ¿Necesito hacerte un dibujo? –bromeó Prunella, sintiendo una lujuriosa oleada de anticipación entre las piernas.

–Me temo que sí –murmuró él, que aún no parecía entender el mensaje.

Prunella levantó la estrecha falda del vestido de novia y se arrodilló a sus pies. Solo cuando alargó una mano para desabrocharle el cinturón la tensión de Nikolai fue reemplazada por otro tipo de tensión completamente distinta.

–¿Estás de broma? –susurró, mirándola con gesto de asombro.

–¿Esto te parece un chiste? –preguntó ella, pasando la palma de la mano sobre el revelador bulto de debajo del pantalón.

Los ojos de color caramelo echaban chispas.

Con la cara ardiendo, Prunella empezó a bajar la cremallera. Estaba decidida a poner en práctica todo lo que había aprendido en los libros que había leído sobre el tema. Insegura, empezó a pasar la lengua de arriba abajo...

Nikolai se echó hacia atrás en el asiento, dejando escapar un gemido.

–Nunca sé qué esperar de ti, pero me encanta que me sorprendas continuamente. Parece que sabes lo que haces...

–No, esta técnica la he sacado de un libro.

–¿Un libro? –repitió él, incrédulo.

–Cállate, me estás distrayendo.

Nikolai decidió enseguida que debía de haber leído una auténtica maravilla de texto porque sus sedosos labios lo envolvían como un guante y el roce de su lengua lo volvía loco. Su ardiente boca lo llevaba al paraíso. Enredó los dedos en su pelo y, mientras ella intentaba encontrar el ritmo, dejó escapar un profundo suspiro de satisfacción. Prunella levantó la mirada una vez, al notar un estremecimiento en sus poderosos músculos.

Nikolai no había estado tan excitado en toda su vida y sabía que no aguantaría mucho más. Intentó apartarse cuando se dio cuenta de que estaba a punto de terminar, pero ella no le permitía llevar el control. El clímax llegó como una tormenta imparable y echó la cabeza hacia atrás, viendo con asombro cómo su virginal esposa tragaba, subía la cremallera del pantalón y volvía a su sitio como si no hubiera pasado nada.

–¿Un libro? –preguntó cuando pudo encontrar su voz.

–¿Por qué no? Me disgusta no saber cómo hacer ciertas cosas.

–Yo te enseñaré todo lo que quieras saber... encantado, además –dijo Nikolai con voz ronca–. Eres increíblemente sexy, *khriso mou*. Soy un hombre muy afortunado.

Prunella estaba tan contenta de haber apartado las sombras de sus ojos. Ella le había pedido que hablase de su triste infancia, pero también había hecho que se olvidase de ella. Le gustaría saber mucho más sobre su pasado, pero por el momento era suficiente. Lo amaba tanto que no podía soportar ver sombras en sus ojos mientras decía que no estaba disgustado porque ella sabía que lo estaba.

Una persona la había rechazado a ella, pero más de una había rechazado a Nikolai: su madre, su padre, su abuelo. Por supuesto, no sabía cómo funcionaba una familia normal, no tenía ni idea. Por supuesto, le preocupaba ser padre cuando el suyo le había dado tan mal ejemplo. Pero cambiaría con su apoyo y su amor, estaba segura. Y, cuando descubriese que iba a ser padre, pensaría de otro modo, ¿no?

# Capítulo 9

D ÓNDE vamos a alojarnos? –preguntó Prunella, admirando el atardecer por la ventanilla.

Un coche había ido a buscarlos al aeropuerto Heraklion y estaban recorriendo la carretera que bordeaba la costa.

–En la casa en la que nació mi abuelo.

–Ah, me gustan los sitios con conexiones familiares –admitió ella–. ¿También la has heredado?

–Sí, pero cuando lo hice llevaba años desocupada y fueron necesarias muchas reformas. Empezó siendo una sencilla granja y cuando la fortuna familiar se acrecentó mi abuelo dejó de venir. Estuve a punto de demolerla –le confesó Nikolai con una sonrisa–. Pero un día estaba en el porche, sintiendo el sol en la cara mientras miraba el mar, y pensando en todas las generaciones que habían debido de disfrutar de esa maravillosa vista... y decidí que merecía la pena reformarla.

–¿Lo ves? Tú también eres un sentimental –Prunella lo miraba con admiración mientras salían de la carretera principal para tomar una mucho más estrecha, flanqueada por árboles.

–Tengo una sorpresa para ti –dijo Nikolai–. Pero no la recibirás hasta más tarde.

La casa era más grande de lo que había esperado, con un largo e invitador porche. Nikolai le enseñó el primer piso, con suelo de losetas y muebles contemporáneos. Había conservado la escalera de madera labrada

y unas ventanas emplomadas del siglo pasado con gra-
bados de santos, pero en general era una casa moderna
y lujosa.

Al pie de la escalera, Nikolai se inclinó de repente
para tomarla en brazos.

—¿Qué haces? —exclamó ella riéndose.

—Siempre había deseado conocer a una mujer tan li-
viana que pudiera subir una escalera con ella en brazos.

—Entonces, ¿por qué solo salías con mujeres altas?
—replicó Prunella, pensando en las mujeres a las que
había oído hablando en la boda.

—Porque las bajitas me hacían salir corriendo —respondió Nikolai, extrañamente serio—. Sabía que en
cuanto encontrase a una bajita me casaría con ella.

Prunella soltó una carcajada mientras entraban en el
espacioso dormitorio. Un jarrón alto de diseño geomé-
trico lleno de hermosas flores adornaba la mesilla y, a
su lado, había una cubierta de hielo con una botella de
champán y dos copas. Nikolai la dejó con cuidado en el
suelo de madera y sirvió el champán. Prunella se llevó
su copa a los labios y fingió beber como había hecho
durante la boda.

—Estás guapísima con ese vestido —dijo él con voz
ronca, el brillo de deseo de sus ojos la hacia sentirse
poderosa.

Prunella dejó la copa sobre la mesilla y se dio la
vuelta.

—Desabróchame —le pidió.

—Sigues decidida a sorprenderme —murmuró él, desa-
brochando los botones en la espalda del vestido.

Prunella dio un par de pasos atrás para quitárselo,
consciente de sus pechos desnudos porque el vestido
tenía soporte y no necesitaba sujetador. Seguía siendo
tímida, una tontería después de las intimidades que
habían compartido, pero le daba miedo decepcionarlo.

Intentando contener el deseo de ocultar sus pechos con las manos, se quitó el vestido y lo dejó sobre un sillón.

Nikolai se apoyó en el asiento, a los pies de la cama, mirándola.

–Creo que he muerto y estoy en el cielo, *khriso mou*.

Prunella llevaba unos botines de encaje blanco, medias a medio muslo, con un liguero azul, y unas bragas de color crema que escondían su respingón trasero. Los suaves pezones rosados llamaron su atención y tuvo que tragar saliva, encendido.

A Prunella le encantaba que la mirase como un hombre ante una visión celestial. La hacía sentirse como una diosa. De repente, daba igual que sus pechos fuesen pequeños. Que Nikolai la mirase así era como una descarga de adrenalina. Él se quitó la chaqueta y tiró torpemente de su camisa para revelar un torso ancho y musculoso.

–Y lo mejor de todo, *khriso mou* –empezó a decir, alargando una mano hacia ella–, es que esa alianza que llevas en el dedo dice que eres mía.

Devoró su boca como un lobo hambriento en un beso duro y dominante, encendiéndola como nunca. La empujó sobre la cama y se apoderó de un pezón mientras acariciaba el otro con los dedos. Prunella sentía como si tuviese una goma elástica entre los pechos y la pelvis, a punto de romperse. Apartó sus bragas con un dedo y deslizó un dedo por los húmedos pliegues, haciendo que un gemido escapase de su garganta.

–Estás tan húmeda... –musitó, apoderándose de su suculenta boca de nuevo.

Tirada en la cama, con las piernas abiertas, se sentía como una diosa en un sacrificio pagano y empezó a sentir un cosquilleo entre las piernas incluso antes de notar el roce de su barba en el interior de sus muslos. Lo deseaba tanto... Nunca había deseado a nadie de ese modo. Levantó las caderas cuando introdujo un dedo en su interior, arqueando la espalda cuando encontró el diminuto capullo escondido entre los rizos con su experta boca.

Y lo que pasó después... bueno, no estaba muy segura. Solo sabía que se había revolcado de placer hasta que no pudo aguantar más y el clímax fue como una detonación, inflamando todo su cuerpo con un efecto explosivo. Era casi como si el mundo se hubiera detenido por un momento y tuvo que agarrarse a él como a una roca en medio de la tormenta.

–Me encanta lo que me haces –susurró sin aliento sobre un hombro satinado.

–He sido como un toro en una tienda de porcelana –protestó Nikolai, con los ojos encendidos–. Es nuestra noche de bodas y debería haber ido más despacio. Tú te mereces una dulce seducción...

–Deja de hablar –lo interrumpió ella–. Que me tires en la cama me parece muy bien. Ver que pierdes el control es más real que cualquier plan de seducción.

–La culpa es tuya. Llevas todo el día destrozando mis planes –protestó Nikolai–. Primero me vuelves loco en el avión, luego te luces con tus botines y tu liguero, haciendo que pierda la cabeza...

–¿Te estás quejando?

–No –una sonrisa carismática y perversa iluminó sus morenas facciones–. Lo que quiero decir es que cada vez que me quieras, soy tuyo.

–Puedes ser tú mismo conmigo –susurró Prunella entonces–. Haz lo que te parezca.

–No puedo –Nikolai se apartó un momento para sacar una cajita del bolsillo de la chaqueta–. Si lo hiciera, te devoraría. Feliz día de boda, señora Drakos.

–Yo no te he comprado nada.

–Te has entregado a ti misma... de una forma inolvidable –impaciente, Nikolai abrió la cajita y sacó un collar de perlas de tres vueltas con un elaborado broche de esmeraldas y diamantes.

–Dios mío –Prunella pasó un dedo por la brillante esmeralda y las perlas perfectas–. De verdad es precioso.

–Su pureza me recuerda a ti –dijo él, poniéndole la joya al cuello.

–Yo no soy pura. No soy perfecta... nadie necesita ser perfecto –arguyó Prunella, pensando en su secreto y temiendo su reacción más que nunca porque cuanto más feliz era, más temía que esa felicidad terminase abruptamente.

–Eres mucho más pura y perfecta de lo que yo lo seré nunca –Nikolai le colocó un mechón de pelo detrás de la oreja y le levantó la barbilla para volver a besarla.

Se excitó más rápido de lo que hubiera creído posible. Era como si su cuerpo estuviese programado para aquello. Un muslo poderoso y cubierto de vello se deslizó entre sus piernas y cerró los ojos, disfrutando del contacto.

–Te deseo tanto... –susurró sin poder evitarlo.

–Y vas a tenerme. Una y otra vez, cuando tú quieras –musitó Nikolai sobre sus labios hinchados.

Prunella acarició la prominente virilidad que rozaba su estómago. Ya no estaba nerviosa ni insegura. Nikolai la deseaba tanto como lo deseaba ella y saber eso la liberaba y la llenaba de felicidad.

–Si me haces eso no voy a poder aguantar.

Prunella lo empujó contra las almohadas.

–Deje de amenazarme, señor Drakos –le advirtió, riéndose.

Nikolai no recordaba haberse reído nunca en la cama con una mujer, pero le gustaba. Le gustaba incluso más cuando se colocó sobre ella y reinstauró su supremacía porque no pensaba dejar que llevase la iniciativa. Se sentía extraño, casi mareado, quería sonreír y se preguntaba qué le estaba pasando. Su alegre esposa estaba convirtiéndolo en otro hombre y no habría forma humana de que la entregase voluntariamente a un competidor.

—Quiero que esta noche dure para siempre —murmuró ella sobre su torso, embriagada de su aroma.

—Para siempre es un gran desafío —dijo él, empujando sus caderas hacia delante para hacerla sentir su duro miembro.

—No era un desafío —protestó débilmente Prunella, sintiendo un lascivo estremecimiento.

Nikolai se colocó encima para penetrarla lentamente y ella cerró los ojos, disfrutando de la satisfacción que solo él podía darle. Se hundió en ella centímetro a centímetro y cuando por fin estaba enterrado del todo dejó escapar un grito de placer. Su pasión, los bíceps marcados, la tensión de su cuello mientras la hacía suya la ahogaban de deseo.

Se apartó un poco para volver a hundirse en ella, cada vez más fuerte, más rápido. El placer detonaba dentro de ella y enredó las piernas en su cintura. Nikolai la aplastaba contra el colchón y empujaba con fuerza, dejando escapar un primitivo gruñido de placer. Y siguió y siguió hasta que Prunella sollozaba de emoción y la banda elástica que sentía en el centro de su cuerpo se estiraba cada vez más y más. El alivio llegó como una oleada de fuego, encendiendo cada célula, y gritó, clavando las uñas en su espalda en un éxtasis de puro gozo.

Se sentía mareada de felicidad cuando se recuperó lo suficiente como para recordar dónde estaba o lo que había pasado.

—Te estoy aplastando —Nikolai depositó un beso en su frente antes de apartarse.

«Aplástame», estuvo a punto de decirle, hasta que se

fijó en el tatuaje de su hombro. Sí, era una diosa alada con un incongruente arcoíris sobre la cabeza del unicornio asomando por debajo de un ala.

–¿Un arcoíris y un unicornio? –preguntó, trazando el dibujo con un dedo.

Nikolai se volvió para mirarla, rígido y serio de repente.

–Para recordar a mi hermana... los cuentos de hadas que tanto le gustaban –le confió con evidente desgana.

–Es muy bonito. ¿Cuándo...?

–Fue hace cinco años, pero no quiero hablar de ello.

Prunella lo entendía, aunque le dolía su reserva. Pero ¿de verdad había pensado que estar casada con Nikolai iba a ser todo arcoíris y unicornios?, se preguntó a sí misma. Él no iba a cambiar de personalidad y compartir sus penas con ella de repente. Seguía sintiendo en el alma la muerte de su hermana y no estaba preparado para hablar de ello. No pasaba nada. Podía esperar. No tenía que saberlo todo sobre él enseguida.

El amor era un tirano, tuvo que reconocer, pasando un dedo por la dura línea de sus labios antes de apartarse para saltar de la cama.

–Sigo llevando los botines –comentó, sorprendida.

–Me gustan –dijo Nikolai.

–Sabía que te gustarían, pero me duelen los pies –admitió ella. Mientras se sentaba en la cama para quitárselos vio un sobre sin abrir sobre la mesilla–. Ah, debe de ser de quien ha enviado las flores.

Nikolai volvió a ponerse tenso mientras ella sacaba la tarjeta.

–Dido y Dorkas Drakos... ¡las flores son de tus tías! –exclamó con satisfacción–. Tienes que ir a conocerlas.

–Siento darte un disgusto, pero las conocí hace años, cuando vine para reformar la casa –admitió Nikolai abruptamente.

–No me lo habías dicho. ¿Eran agradables?

–Mucho, pero me pareció un poco tarde para enta-
blar lazos familiares.

–¿Cuándo supieron de tu existencia?

–Cuando recibí la herencia de mi abuelo.

–Entonces no es culpa suya no haber estado a tu
lado cuando eras joven –señaló Prunella–. Deberíamos
ir a visitarlas.

Nikolai puso los ojos en blanco, pero no dijo nada.
Conocer a sus parientes la haría feliz y a él no le costa-
ría nada. Sabía que Prunella quería que crease lazos
familiares y no podía entender que había vivido casi
toda su vida libre de tales lazos y que para él significa-
ban mucho menos que para ella. Había aprendido mucho durante sus primeros diez años de vida, en manos
de unos padres totalmente irresponsables.

Un poco dolida por su silencio, Prunella fue al baño
a ducharse y luego esperó en el dormitorio a que él
terminase de hacerlo.

–¿Quieres comer algo? –le preguntó Nikolai, con
una toalla en la cintura.

–Si hay algo preparado...

Sabía que Nikolai no era mucho mejor cocinero que
ella. En casa se encargaba del jardín y alguna cosa más,
pero era su abuela quien se encargaba de la cocina.

–Creo que vas a llevarte una agradable sorpresa.

Prunella se quedó perpleja cuando oyó el ladrido de
unos perros. Nikolai abrió entonces la puerta de la habitación y Rory y Butch entraron como una tromba.

–¡Pero bueno!

Riéndose, Max entró en la habitación para dejar una
bandeja sobre la mesa.

–Señora Drakos –la saludó.

–Esta era mi sorpresa –dijo Nikolai.

–¡Pensé que eran las perlas!

–No, Max vino ayer para asegurarse de que todo estaba preparado y se trajo a los perros. Se aloja en la casa de invitados, muy cerca de aquí.

Prunella no podría estar más contenta por la sorpresa. Max, que no había sido despedido, era un cocinero fabuloso, además de un gran amigo de los perros. Su presencia en la casa significaba que podía relajarse por completo.

Nikolai observó que, en lugar de tomar su copa de vino, Prunella se servía un vaso de agua. Él sabía de una razón por la que las mujeres dejaban de beber alcohol... pero no quería ni pensarlo. ¿Cómo iba a estar embarazada? Una de las cualidades que más admiraba de ella era su sinceridad y, en su mundo, esa era una cualidad rara. Si estuviese embarazada se lo habría contado inmediatamente.

–¿Por qué has dejado de beber? –le preguntó, como sin darle importancia.

Prunella, medio adormilada bajo el sol, tuvo que tragar saliva. Estaban tumbados en una toalla, a la sombra de un castaño gigante en una playa desierta donde el cielo y el mar eran de un azul increíble. Dos semanas de felicidad en Creta habían tirado todas sus defensas, pero la pregunta le inquietó solo un poco porque tenía una respuesta preparada.

–Hace un par de meses tuve una resaca horrible y he perdido el gusto por el alcohol.

–Pero ¿por qué finges beber?

La inquietud aumentó.

–Porque a veces la gente se incomoda cuando dices que no bebes alcohol. No saben qué ofrecerte.

–Yo no me siento incómodo.

–Bueno, pues entonces dejaré de fingir –respondió

Prunella sorprendida de sí misma. Estaba mintiendo y eso no estaba bien. Había tenido tres largas semanas, sin duda las más felices de su vida, para contárselo. Ni siquiera volver a Gran Bretaña para acudir al funeral del jefe de sala, que había muerto en el incendio del hotel, había conseguido marchitar su felicidad. Nikolai había dicho que no tenía que acompañarlo, pero quería darle su apoyo en un momento tan difícil. No lo había acompañado cuando volvió a Londres para mantener otra entrevista con la policía, pero había compartido su alivio cuando le dijeron que, aunque aún no podían acusar a nadie, tenían varias pistas.

De vuelta en la isla, Nikolai y ella habían seguido creando recuerdos. Habían visitado las antiguas ruinas del palacio de Malia y un yacimiento arqueológico en una finca cercana. Habían explorado Chania varias noches para cenar en típicas tabernas y visitar los bares de la zona del puerto... que no le gustaron nada. Volver del lavabo y encontrarlo rodeado de mujeres que lo miraban con descaro había hecho que se sintiera insegura.

¿Seguiría encontrándola atractiva con los cambios que el embarazo provocaría en su cuerpo? Ya empezaba a haber algunos cambios que solo ella notaba. Sus pechos parecían un poco más grandes y sus pezones eran más sensibles. Además, cuando visitaron la laguna de Elafonisi hacía mucho calor y se había sentido mareada por primera vez. En un monasterio bizantino en las montañas, lleno de frescos e iconos, había experimentado una oleada de náuseas y Nikolai la había llevado al café del pueblo para que comiese algo, pensando que ese era el problema.

Había decidido contarle lo del embarazo cuando volviesen a Londres. Tenía un miedo casi supersticioso a darle la noticia en aquel lugar idílico. Nikolai no la amaba y ella era muy consciente de esa realidad. De hecho, se sintió como una tonta cuando una noche gritó sus sentimientos en la cama y él no le correspondió; aunque la había abrazado durante largo rato después, seguramente luchando contra el deseo de pedirle disculpas por no poder decir lo mismo.

No quería que se sintiera culpable por no amarla porque tarde o temprano ese sentimiento de culpabilidad se tragaría cualquier otro sentimiento. Aun así, un hombre enamorado de su esposa aceptaría de mejor grado un embarazo no planeado que uno que solo sufría de un insaciable deseo. Y Nikolai era insaciable, tuvo que admitir con una secreta sonrisa mientras él le levantaba el vestido para acariciarle los muslos.

Ese deseo insaciable hacía que se sintiera a salvo. Estaba dispuesta a admitir que no era la relación perfecta de cuento de hadas que una vez había soñado, pero seguía siendo más real y apasionada que nada que ella hubiera conocido.

Nikolai la besó despacio y después levantó su oscura cabeza.

–Mi hermana, Sofia... –empezó a decir con repentina brusquedad– se suicidó. Tomó una sobredosis. Por eso me resulta tan difícil hablar de ella.

Que un hombre tan reservado como él le hiciese tal confesión la sorprendió.

–Me imagino que fue muy duro para ti.

–Yo ni siquiera sabía que estuviera deprimida. Llevaba meses sin verla –le explicó él en voz baja–. Le ofrecí que fuera a Londres a verme, pero ella siempre encontraba alguna excusa. Debería haberme dado cuenta de que le pasaba algo y haber ido a Atenas, pero entonces no tenía mi propio avión y trabajaba día y noche para levantar mi primer hotel. La di de lado, puse por delante el trabajo, esa es la verdad.

–Tú no sabías que le pasara nada. Cuando estás ocupado el tiempo vuela sin que te des cuenta...

–Por favor, no intentes consolarme –la interrumpió Nikolai–. Me porté mal con Sofia. La di de lado cuando más me necesitaba, la única vez que me necesitó. Tenía tantas ideas sobre lo que haríamos juntos cuando hubiese ganado algo de dinero, pero debería haber pensado en el presente, no en el futuro.

A Prunella se le empañaron los ojos al ver que Nikolai no había podido superar su sentimiento de culpabilidad.

–No lo sabías y, evidentemente, ella no quería que lo supieras o te lo habría contado.

–Me enteré cuando leí su diario. Me sentí fatal, pero necesitaba saber por qué... –Nikolai no pudo terminar la frase.

–Lo entiendo, es humano –le aseguró Prunella, emocionada porque al fin estaba confiando en ella. Seguía sin saber por qué se había enamorado tan locamente, solo sabía que pensar en vivir sin él la aterrorizaba.


Esa noche fueron a una fiesta en casa de sus tías, en Chania. Después de haber enviudado a los sesenta años, las hermanas, que eran gemelas, habían decidido vivir juntas ya que sus hijos estaban casados y tenían sus propias familias.

Desde la primera visita habían sido recibidos como miembros de la familia. Prunella había visto cómo Nikolai perdía ese gesto frío y desconfiado que solía ofrecer al mundo. Esa noche en particular, lo vio tropezar con uno de los niños y tomarlo en brazos para secar sus lágrimas.

–Algún día será un buen padre, al contrario que el suyo –anunció Dorkas Drakos con satisfacción.

–Nuestro hermano fue infeliz toda su vida. El dinero no le dio la felicidad –apostilló Dido–. Nikolai es completamente diferente.

Viendo a Nikolai con el niño, Prunella se sintió culpable. Tal vez no debería esperar a llegar a Londres para darle la noticia...

Nikolai miró los brillantes ojos verdes de su esposa. Tenía que contarle la verdad, pensó. Había dicho que lo amaba, pero ¿lo habría dicho de corazón? Él nunca se había visto a sí mismo como alguien digno de amor. Cuando otras mujeres le habían profesado amor había sabido en su fuero interno que lo único que amaban era su dinero, pero no era así con Prunella. Al contrario, ella pensaba que gastaba demasiado y se avergonzaba cada vez que le regalaba una joya.

Pero contarle la verdad significaba hacerle daño y jamás había temido nada tanto como eso. ¿Dejaría de amarlo? ¿Se alejaría de él? ¿Volvería a mirarlo del mismo modo o la verdad dañaría de forma irrevocable todo lo que era tan especial entre ellos?

Cuanto más se infiltraban esas ansiedades en su corazón, más decidido estaba a limpiar su conciencia. No quería secretos entre ellos. ¿Cómo podía esperar que confiase en él cuando aún no le había contado por qué había querido mantener una relación con ella? Prunella decía que con ella podía ser él mismo, pero ese era un reto imposible para un hombre que nunca había mostrado a nadie su verdadera cara.

A la mañana siguiente, todo cambió de repente. Estaban tomando el desayuno cuando Nikolai sacó el móvil del bolsillo para responder a una llamada. Prunella vio que palidecía, sus ojos estaban velados por las largas pestañas mientras volvía a guardar el móvil en el bolsillo.

–Cyrus Makris ha sido detenido y acusado de pagar a dos hombres para incendiar mi hotel y de homicidio imprudente por la muerte de Desmond –le contó Nikolai, que se levantó como si estuviera sonámbulo para volver a la casa.

¿Cyrus era el responsable del incendio? Prunella estaba atónita mientras corría tras él.

–Lo que Cyrus hizo es imperdonable, pero al menos la policía lo ha detenido.

Nikolai se dio la vuelta para mirarla con ojos torturados.

–No lo entiendes. ¿Cómo ibas a entenderlo? Esto es culpa mía... la muerte de Desmond es culpa mía, de nadie más.

# Capítulo 10

MIENTRAS Nikolai se alejaba para refugiarse en la habitación que usaba como despacho, Prunella se quedó inmóvil en el vestíbulo, con los perros jugando a su alrededor. ¿Cómo podía la trágica muerte de Desmond ser culpa suya? ¿Cómo podía pensar de ese modo?

Nikolai levantó la cabeza cuando Prunella apareció en la puerta, mirándolo con cara de perplejidad. Él sabía que lo que había dicho no tenía sentido para ella. Sabía que no lo entendía y el peso que llevaba sobre los hombros se hizo insoportable.

—Cyrus y yo hemos sido enemigos durante mucho tiempo —le confesó.

Prunella recordó entonces las palabras de la hermana de Cyrus en la boda. Había pensado preguntarle, pero lo había olvidado por completo.

—¿Por qué?

Nikolai se puso rígido.

—Porque Cyrus violó a mi hermana.

Prunella dio un paso adelante para tocarlo, pero Nikolai se apoyó en el escritorio, pasándose una temblorosa mano por el pelo.

—Todo estaba en su diario. Eso es lo que descubrí hace cinco años.

Prunella recordó, horrorizada, el violento asalto de Cyrus.

—Debió de ser una pesadilla para ti.

–Cyrus ha sido acusado antes de violación, pero todas sus víctimas retiraron los cargos –dijo Nikolai con tono seco–. Su padre es un hombre muy rico y poderoso. He investigado las denuncias... una de ellas la retiró y ahora tiene un puesto en el consejo de administración de su empresa. Subió en la escala social de forma meteórica y ahora es una mujer rica que se niega a hablar del tema.

–Crees que le pagaron de ese modo –dijo ella.

–La policía, los abogados y los jueces fueron sobornados. Otras víctimas pasaron de la pobreza a la prosperidad... me imagino que era su forma de compensarlas. Pero Sofia murió –dijo Nikolai con ferocidad–. Ella era pobre e indefensa y no podía soportar la idea de contarme lo que ese canalla le había hecho.

–Cuéntame lo que pasó –lo animó Prunella.

Estaba atónita al recordar el ataque de Cyrus y, de repente, se lo tomaba mucho más en serio. Al parecer, no había sido una momentánea falta de control o el caso de un hombre que no sabía lo que hacía.

Sofia, descubrió, no había tenido las ventajas que tuvo Nikolai gracias a su abuelo y había tenido que trabajar en una variedad de empleos antes de estudiar secretariado. Por fin, había conseguido trabajo como auxiliar en la oficina de Cyrus en Atenas y un día, cuando estaba en recepción, Cyrus se había fijado en ella.

Prunella miró la foto que Nikolai sacó de la cartera. Su hermana había sido una chica guapísima.

–A Cyrus le gustan las vírgenes. Mi hermana era mayor que sus víctimas habituales, pero era inocente –la frente de Nikolai se cubrió de sudor mientras le contaba que Cyrus la había invitado a tomar café un par de veces y en una ocasión a almorzar, pero siempre le pedía que no hablase de esos encuentros con sus compañeros de trabajo.

–Supongo que fue entonces cuando tu hermana empezó a sospechar –dijo Prunella.

–Sofia era muy ingenua. Me imagino que se sentía halagada por las atenciones de un hombre rico y supuestamente amable y, cuando le pidió que fuese a su apartamento una noche para trabajar en privado, aceptó.

–¿Y fue entonces cuando...? –Prunella apretó los labios–. ¿Sofia acudió a la policía después?

–Después de haberse duchado porque no sabía que no debía hacerlo –respondió Nikolai–. Los médicos encontraron hematomas y heridas, pero le dijeron que no eran pruebas suficientes. Cyrus insistía en que había sido sexo de mutuo acuerdo y lo creyeron. A ella le dieron a entender que se lo había inventado. Mi hermana se sintió humillada porque la policía no la creyó... eso fue lo que la empujó a quitarse la vida.

–Debió de ser aterrador para ella –reconoció Prunella, suspirando pesadamente–. No me puedo imaginar lo que sufrió.

–He pasado cinco años planeando mi venganza contra Cyrus Makris –dijo Nikolai entonces–. Después de lo que sufrió mi hermana no podía soportar que ese canalla siguiera viviendo tranquilamente. Hice que lo investigaran y cuanto más descubría sobre él, más me enfurecía que no estuviese en la cárcel. Para ser sincero, estaba obsesionado con mi deseo de venganza.

Después de conocer la trágica historia de su hermana, Prunella podía entenderlo. Aunque el concepto de venganza era extraño para ella.

–Durante estos cinco años lo único que me ha impulsado es vengarme de Cyrus –admitió Nikolai con seriedad–. Le robé negocios y oportunidades profesionales. No era muy satisfactorio, pero era el único daño que podía hacerle hasta que su hermana, Mariska, me llamó hace un par de meses para decirme que Cyrus pensaba casarse contigo.

–¿La hermana con la que no se hablaba sabía que Cyrus pensaba casarse conmigo, aunque yo no sabía nada del asunto? –preguntó ella, turbada y sorprendida por la noticia–. ¿Cómo es posible? ¿Y por qué Mariska no se puso en contacto conmigo para advertirme?

–Cyrus le contó a su padre que pensaba casarse con la antigua prometida de Paul. El hombre, que llevaba años presionándolo para que se casara, se lo confió a Mariska y le preguntó si te conocía. Y ella se puso en contacto conmigo porque sabía que yo era el mayor enemigo de su hermano y lo odia por razones que no me ha contado nunca.

Prunella sacudió la cabeza. Estaba empezando a perderse, pero un sexto sentido le advertía que había algo importante que Nikolai aún no le había contado. Desgraciadamente, no era capaz de unir los puntos para llegar a una conclusión.

–Cuando vi tu foto no me podía creer que fueras la misma chica que había aparcado mi coche el año pasado –siguió Nikolai.

–¿Cuándo viste mi foto? –preguntó ella con el ceño fruncido.

–En cuanto supe tu nombre tenía que saber quién eras.

De nuevo, Prunella sacudió la cabeza.

–¿Y por qué hiciste eso? ¿Qué tenía que ver contigo el absurdo deseo de Cyrus de casarse conmigo?

–Quería hacerle daño –respondió Nikolai, frustrado–. Quería estropear sus planes de matrimonio y para eso tenía que conocerte y hacerte mía antes. Sabía que hacerle eso sería un duro golpe para él.

Prunella por fin entendió la conexión. Secretos y mentiras. Nunca hubiera podido imaginarse que la intención de Nikolai al acercarse a ella se debía a tan fría y calculada motivación. De modo que no había tenido nada que ver con ella; nada personal, pensó, angustiada. Nada personal cuando ella necesitaba que lo fuera.

Nikolai podía escuchar los latidos de su corazón mientras la observaba. Parecía enferma, mareada.

–Tenía que contártelo. Tienes derecho a saberlo todo sobre mí. Tienes que saber lo que soy y de lo que soy capaz.

–No estoy segura de querer saberlo –le confesó ella, insegura. No podía pensar. Le daba miedo pensar que el hombre al que amaba pudiera ser tan despiadado como para verla como un arma para vengarse de Cyrus. ¿Era eso lo que estaba diciendo?

–Te casaste conmigo –susurró–. ¿Por qué te casaste conmigo?

–Quería hacerte feliz. Después de lo que había hecho... el chantaje, cómo te traté. Y la rabia empujó a Cyrus a atacarte por mi culpa, así que estaba en deuda contigo.

De todas las expresiones de afecto que una mujer enamorada no quería escuchar esa frase debía de ser la primera de la lista.

«Estaba en deuda contigo». ¿Qué era ella, una deuda que tenía que pagar? ¿Una cría a la que tenía que consolar y compensar? ¿O era peor aún? ¿Se habría imaginado lo que sentía por él? ¿Se habría dado cuenta de que su «arma» era tan tonta como para enamorarse de un chantajista, un hombre despiadado que solo la había utilizado para golpear a su enemigo?

Prunella se aclaró la garganta con dificultad.

–De modo que lamentabas lo que habías hecho.

–¡Me sentía terriblemente culpable! –exclamó Nikolai–. Puede que haya tardado un tiempo, pero por fin recuperé la cordura y me di cuenta de que lo que había hecho era terrible en todos los sentidos.

A Prunella no le impresionaron tales palabras.

–¿Y fue entonces cuando decidiste hacer el mayor de los sacrificios y casarte conmigo? –sugirió, la angustia amenazaba con romper su falsa compostura–. Me imagino que no habías planeado que este matrimonio durase, ¿verdad? ¡Pues te has pegado un tiro en un pie al acostarte con una virgen!

–¿De qué estás hablando? –preguntó él, sorprendido.

–Una virgen sabe menos sobre la eficacia de un método anticonceptivo –siguió ella, levantando la barbilla en un ángulo agresivo porque no quería dar la impresión de estar avergonzada o pidiendo disculpas–. Cometí un error y estoy embarazada... siento mucho que eso no encaje con tu plan de venganza.

Nikolai bajó la mirada un momento, pero cuando volvió a levantar la cabeza en sus ojos oscuros había un nuevo brillo.

–¿Embarazada? –repitió, experimentando una oleada tan profunda de alivio que casi se mareó.

Si estaba embarazada, tenía más razones para convencerla de que debía quedarse con él. Embarazada, pensó de nuevo, incrédulo. Un hijo. Su hijo. Después de todas las indirectas de sus tías, que él había ignorado deliberadamente, Dido y Dorkas se llevarían una alegría enorme.

–Y la buena noticia es –siguió Prunella– que no me debes nada. En mi opinión, te casaste conmigo dando una impresión falsa, así que no estamos casados de verdad.

Se quitó la alianza y el anillo de compromiso y los tiró a sus pies con amarga satisfacción antes de salir del despacho. Podía sentir que su corazón se desgarraba como si fuera un papel mojado y no tenía intención de llorar delante de él. Ella no era una víctima, se negaba a ser una víctima. Nikolai Drakos no podía hacerle daño, se dijo a sí misma mientras se dirigía a la playa.

Nikolai se inclinó para tomar los anillos del suelo y se los guardó en el bolsillo del pantalón, notando que le temblaban las manos.

Su hijo. Su hijo la necesitaba tanto como la necesitaba él. Pero ¿no estaría mejor sin él? Ese era un pensamiento tan profundamente doloroso que lo apartó de su mente. Podía ser lo que ella quisiese que fuera, podía darle todo lo que desease, a ella y al bebé. Lucharía por ella, pero no sabía qué decirle. De verdad no sabía cómo convencerla para que se quedase. Irónicamente, Nikolai tenía experiencia dejando a las mujeres, no convenciéndolas para que no lo dejasen a él. Al fin y al cabo, nunca había querido quedarse con ninguna hasta ese momento.

Pero Prunella tenía escrúpulos y valores que él había pisoteado. No se merecía una segunda oportunidad. Lo sabía, pero admitirlo era demasiado negativo. Una disculpa tampoco parecía muy prometedora porque «lo siento» no podría compensar el daño que le había hecho.

Prunella se quitó las sandalias cuando llegó a la playa y hundió los dedos en la arena, pero estaba ardiendo y el mar tenía un aspecto tan tentadoramente fresco que se metió en el agua hasta las rodillas. Respiraba con dificultad, como un corredor de maratón, y su corazón latía como loco.

«Cálmate», se dijo a sí misma, «recuerda que estás embarazada».

Pero había un nudo gigante de dolor dentro de ella. Nikolai le había robado sus sueños. De nuevo, había puesto su fe en el hombre equivocado. ¿Por qué le pasaba eso? ¿Era más ingenua que otras mujeres? ¿Fatalmente atraída por el hombre equivocado? Y, sin embargo, Paul y Nikolai no se parecían en absoluto, ¿cómo iba a saberlo?

Debería haberse dado cuenta, le dijo una vocecita interior, pero había querido la versión de cuento de hadas. Había querido creer que era irresistible para Nikolai Drakos, que la había buscado después de un primer encuentro y había pagado las deudas de su padre solo para llevarla a su cama... qué ingenua había sido. ¿Qué clase de mujer se enamoraba de un hombre que la chantajeaba? ¿Y por qué se había enamorado de él?

Cuando llegó a tal punto de odio hacia sí misma estaba sollozando y las lágrimas rodaban por sus mejillas. ¿De dónde había salido ese amor? Nikolai estaba tan desolado por el incendio y, de repente, había entendido que ese hombre frío y distante no existía más que en su propia cabeza y en la fachada que presentaba ante el mundo.

Solo que, tristemente, no se le había ocurrido que tras el hombre que lloraba la muerte de un empleado había un canalla dispuesto a destrozar la vida de una mujer inocente para destruir a otro hombre. Y lo había hecho, razonó amargamente. Había dejado que pensara que era especial para él, que le importaba, aunque nunca lo hubiese dicho con palabras. ¿No intentaba la mayoría de los hombres evitar las palabras que pudieran llevar a un inevitable compromiso?

Por eso Nikolai había encontrado una nueva fórmula: «quiero quedarme contigo». O «estaba en deuda contigo».

Cielo santo, el dolor de escuchar eso la perseguiría durante el resto de sus días. De modo que la proposición de matrimonio era solo para limpiar una conciencia culpable. Y allí estaba, como una tonta, pensó dejando escapar otro sollozo. Era el momento de la verdad, reconoció. De nuevo, no iba a tener su final de cuento de hadas. ¿Nikolai lo habría fingido todo?

Bueno, no había fingido su ardor en la cama, pero ¿de qué valía eso? También había empezado a ser más cariñoso. La abrazaba sin que tuviera que pedírselo o apretaba su mano, la tocaba, siempre estaba tocándola como se esperaría de un recién casado. ¿Sería eso también una mentira? ¿Estaría interpretando un papel para convencerla? Se secó las lágrimas con el dorso de la mano, temblando. Nikolai no la amaba. No había movido cielo y tierra para estar con ella o para hacerla suya y solo suya. La había perseguido y atrapado solo para castigar a Cyrus. Esa era la verdad.

Nikolai la vio entrando en el agua y experimentó una oleada de pánico. Más tarde no recordaría correr a través del naranjal o dar un salto hasta la playa en lugar de tomar el sendero. Se metió en el agua y la tomó en brazos mientras ella lo miraba con asombro.

–¿Qué haces?

Nikolai no encontraba su voz y salió del agua con ella en brazos.

–¡Suéltame!

–No hasta que me asegure de que estás bien.

Prunella podía sentir bajo la mejilla los rápidos latidos de su corazón y notaba que respiraba con dificultad.

–No sé de qué estás hablando.

–Me he asustado al verte en el agua –reconoció él.

–¿Pensabas que iba a hacer algo terrible, a mí misma y a mi hijo, por tu culpa? –replicó Prunella, furiosa cuando por fin entendió su preocupación–. ¿Estás loco? Estuve años viendo a Paul luchar por su vida. ¡La vida es algo precioso!

Nikolai respiró de nuevo, pero no quería soltarla.

–El niño... ¿desde cuándo lo sabes?

Prunella dejó de intentar escapar.

–El día antes de la boda descubrí que el implante estaba inactivo cuando... nos acostamos juntos –respondió, midiendo sus palabras.

–No fue solo sexo. Fue algo mucho más importante.

–Y eso lo dice el hombre que no sabe lo que es una relación sentimental.

–¿Por qué no me dijiste que estabas embarazada? –insistió Nikolai–. ¿Por qué me mentiste cuando te pregunté por qué no bebías alcohol?

–Sin comentarios –se limitó a decir ella.

–Podemos sentarnos aquí...

–Estoy empapada y tú también –protestó Prunella.

Se quedaron en silencio, acompañados solo por el leve sonido de las olas.

–No podría soportar perderte –le confesó Nikolai entonces–. Haría cualquier cosa para tenerte a mi lado.

–Dios mío, el sexo debe de ser estupendo –dijo Prunella, irónica, mirando involuntariamente su hermoso rostro y regañándose a sí misma por fijarse en eso.

Era hermoso, pero engañoso como una hermosa manzana podrida por dentro, se dijo.

–Lo es –asintió Nikolai–. Pero hay mucho más que eso entre nosotros, tú sabes que es así.

–Ya no te conozco, no sé nada sobre ti.

–Si lo piensas un poco, te darás cuenta de que me conoces mejor de lo que quieres admitir. Evidentemente, sabes que no soy perfecto.

–¿Quieres un aplauso por tan astuta deducción?

–¿Quieres que te tire al mar? –bromeó Nikolai, apretándola entre sus brazos.

Prunella sintió que se ponía colorada y apretó los dientes. Había dicho que haría cualquier cosa para no perderla, pero no estaba dispuesto a tumbarse y dejarse pisotear, que era lo que ella querría hacer en ese momento. No se sentía comprensiva y ni siquiera le apetecía hablar porque estaba herida en lo más hondo.

—Si no vas a dejarme en paz, quiero volver a la casa.

Nikolai la dejó sobre la arena, casi como si temiera que cayera al suelo sin su apoyo, y Prunella tuvo que contener una carcajada mientras tomaba las sandalias. Pero se contuvo, pensando que tenía que seguir adelante y enfrentarse con el futuro como era, no como ella había soñado que sería. Estaba agotada y debía tumbarse un rato. El disgusto y la desilusión la habían dejado sin fuerzas.

Nikolai la siguió.

—Me voy a la cama un rato —murmuró ella, intentando darle con la puerta en las narices.

—Deja que te ayude...

—¿Ayudarme?

Se sentía culpable y lo sabía, pero no quería tener que luchar con su sentimiento de culpabilidad. Ese era su problema, ella tenía suficiente con los suyos. Se quitó la ropa empapada y se metió en la cama desnuda.

—¿Quieres un té? —sugirió Nikolai, tapándola con el edredón—. Puedo hacer un té.

Prunella cerró los ojos, la fatiga era casi insoportable. Quería dormir, quería olvidar y no podía hacerlo mientras él estuviera allí.

—No, gracias.

Nikolai se dejó caer sobre una silla en un rincón de la habitación. Estaba tan pálida como un fantasma y tenía los ojos hinchados, heridos. Era lo que más había temido... peor de lo que se había imaginado, porque se sentía impotente y él no estaba acostumbrado a eso. Pero se lo había contado porque ella se merecía saber la verdad. Se le ocurrió entonces que aún no había escuchado toda la verdad... claro que probablemente no lo creería. ¿O sí?


Prunella se despertó por fin y encontró a Nikolai al lado de la cama.

—Tienes que ponerte esto.

—¿Por qué? —preguntó ella, mirando el pijama con gesto de extrañeza.

—El médico está esperando para subir a examinarte.

—¿El médico? —repitió Prunella, tomando el pijama a toda prisa—. ¿Por qué has llamado a un médico?

—Porque estás muy disgustada y, en tu estado, debes tener cuidado —respondió Nikolai—. Estoy haciendo lo que debo: cuidar de ti.

—Sí, claro, me empujas la cabeza bajo el agua, me sacas, vuelves a empujarme —murmuró ella amargamente—. Me cuidas de maravilla.

—El señor Theodopoulos es el mejor ginecólogo de la isla. Dorkas y Dido me lo han recomendado.

—Ah, entonces, ahora también ellas saben que estoy embarazada —dijo Prunella, resentida.

—Estoy orgulloso de que lo estés —declaró Nikolai—. El médico es muy joven, ¿tal vez preferirías un hombre mayor o una mujer?

—No es necesario.

El ginecólogo, que parecía una estrella de cine, era encantador, y resultaba comprensible que sulfurase a un marido posesivo. Nikolai, que se portaba como si se viera amenazado, insistió en quedarse mientras la examinaba y paseó de un lado a otro de la habitación, controlando cada sonrisa y cada roce mientras Prunella intentaba no poner los ojos en blanco.

Por supuesto, no tenía nada de qué preocuparse. El embarazo le provocaba cierto cansancio, nada más.

Prunella, que estaba en la ducha cuando Nikolai volvió después de despedir al médico, salió envuelta en una toalla.

–No parece que estés embarazada –observó él.

–Claro que no, solo estoy de unas semanas. No se me notará nada hasta dentro de un mes por lo menos. ¿Es que no lo sabes? –Prunella empezó a sacar ropa de un armario, ignorándolo deliberadamente para que se diera cuenta de que no le apetecía estar con él.

–No sé absolutamente nada de embarazos –admitió Nikolai–. Pero puedo enterarme.

–No hace falta que te molestes –replicó ella, burlona.

–¿Por qué no me lo contaste antes? –insistió Nikolai mientras Prunella se cepillaba el pelo mojado.

–Me llevé una sorpresa. Cuando hablamos de formar una familia tú no mostraste ningún entusiasmo por ser padre –le recordó ella–. Me imaginé que te disgustaría... pero no sabía que entre nosotros hubiera un problema mucho más grave.

Nikolai dejó los anillos sobre la encimera.

–Por favor, vuelve a ponértelos.

–No.

–Cuando te conocí en aquella fiesta y me rechazaste salí corriendo –empezó a decir Nikolai–. Creo que sabía que si empezaba una relación contigo se convertiría en algo para lo que no estaba preparado.

–Decirme que saliste corriendo no es precisamente un cumplido –señaló ella.

–Pero es la verdad.

–La verdad es que solo me buscaste para vengarte de Cyrus –le recordó Prunella mientras volvía al dormitorio.

–Estaba obsesionado con vengarme. No pensaba en nada más. Durante cinco años he soñado con vengarme de ese hombre. Estaba furioso y amargado por Sofia y creo que era como un veneno en mi cerebro.

—Y juntos somos tóxicos —dijo ella, que no pensaba dejarse convencer.

Nikolai dejó escapar un suspiro.

—Max ya tiene el almuerzo listo abajo.

La mesa, dispuesta en el porche, estaba preciosa, con platos de exquisita porcelana, flores y copas de cristal. Prunella tomó aire mientras se inclinaba para acariciar a Butch, que requería un poco de atención.

Nikolai pensó que tener tres o cuatro patas y una cola peluda ofrecía ventajas que él no podía adquirir ni en sueños. Pero intentó concentrarse en lo positivo: Prunella no había hecho las maletas, no había mencionado que tuviese intención de irse. Le daba pánico que se fuera de Creta.

—No somos tóxicos —declaró, sirviéndole un vaso de agua—. Y no me hubiera enfadado por el embarazo. Como tú, soy una persona práctica. Eso es algo que tenemos en común. Ha ocurrido y podemos adaptarnos a esta nueva situación.

—¡Pero yo te quería! —exclamó ella de repente.

Nikolai se encogió al notar que lo decía en pasado.

—La dinámica de nuestra relación ha cambiado. Yo no tenía planes más allá de llevarte a alguna cena y acostarme contigo, pero en algún momento perdí el control de todo...

—¿Estás intentando buscar excusas? —lo interrumpió ella con tono glacial.

—No, porque estaría mintiendo si lo hiciera. De hecho, desde el día que nos acostamos juntos no podía separarme de ti. Era tuyo.

—¿Eras mío? —repitió Prunella—. ¿Por el sexo?

Nikolai se tomó el vino de un trago. Era tan difícil... Nunca había hecho nada más difícil en toda su vida que intentar convencer a Prunella.

—No, no es solo eso, pero sospecho que fue entonces

cuando me enamoré de ti. Te acurrucabas contra mí en la cama y, aunque no quería admitirlo, me gustaba. Sigue gustándome cuando lo haces y eso es tan raro en mí...

Prunella lo miró, sintiendo que le ardía la cara.

—Estás mintiendo. Intentas limpiar tu conciencia porque te sientes culpable y porque sabes que te quiero, por eso me dices lo que crees que quiero escuchar.

—Pero tú no quieres escucharme. Solo quieres estar ahí, juzgándome como un canalla. Y era un canalla hasta que te conocí. Pero he cambiado, tú me has cambiado. No me preguntes cómo. Ha pasado y estoy tan obsesionado contigo como lo estuve una vez con Cyrus —le confesó Nikolai—. No hago nada sin pensar en ti. Estás en mi cabeza continuamente.

Prunella al fin estaba escuchando.

—¿De verdad?

—Sí, de verdad. Estoy loco por ti.

—Tienes una extraña forma de demostrarlo.

—No podía amarte sin contarte la verdad. Eso no hubiera sido justo.

Prunella lo estudió, en silencio. Parecía tan sincero... De verdad creía amarla. De verdad lo creía.

—Cuando te decía que te quería, tú no respondías —le recordó.

—Antes tenía que contarte la verdad, pero...

—¿Pero?

—Me daba miedo —confesó Nikolai—. Me daba pánico perderte, pero no podía vivir guardando ese secreto.

Prunella bajó la cabeza.

—Ah —susurró, preguntándose por qué estaba siendo tan dura con él.

Sí, le había hecho daño, pero apreciaba su respeto por la verdad, su incapacidad de permanecer callado y fingir que todo estaba bien cuando no era así. Prunella tomó aire. Nikolai Drakos la amaba... Nikolai la amaba. Una lucecita de esperanza rompió la nube gris de tristeza que parecía haberse instalado en su corazón. Le daba miedo ser feliz, le daba miedo confiar en él, pero Nikolai sentía lo mismo. El amor no tenía garantías y la gente tampoco. Y sí, Nikolai no era perfecto, pero tampoco lo era ella y lo amaba tanto que le dolía que una mesa los separase. Lentamente, se puso en pie.

Nikolai la miró, desconfiado.

—Puedo compensarte. Sé que he cometido un grave error y...

—Cállate —lo interrumpió ella, sentándose en su regazo—. Ya está hecho y cuando digo que te quiero lo digo de verdad. Te quiero aunque hayas cometido un error. Puede que esté un poco enfadada y tenga ganas de tirarte algo a la cabeza, pero al final sigo queriéndote muchísimo. Mientras todo esto no involucre a otra mujer —se apresuró a añadir para que no pensara que perdonaría cualquier pecado.

Nikolai la envolvió en sus brazos y depositó un beso en su cabeza.

—No hay ninguna otra mujer —dijo con voz ronca porque apenas podía encontrar aliento—. Necesito todas mis energías para ti.

Ella lo miró con una sonrisa en los labios que era como el sol abriéndose paso entre las nubes.

—Entonces... ¿eres mío?

Sus ojos eran auténtico caramelo derretido.

—Eso es lo que siento algunas veces.

—No, eso es lo que significa formar parte de una pareja —lo contradijo Prunella, abrazándolo con todas sus fuerzas. Le había dado el cuento de hadas enamorándose de ella y aún no podía creérselo.

—¿Queremos un niño o una niña? —preguntó Nikolai, poniendo una mano sobre su abdomen.

–No podemos elegir, pero a mí me da igual –murmuró ella distraída mientras buscaba sus labios.

–A mí también –Nikolai se levantó de la silla sin soltarla–. Si te quedas conmigo, puedes tener una docena de hijos.

–No estaba pensando en tantos –Prunella sucumbió al apasionado beso que le enviaba estremecimientos hasta la punta de los pies–. ¿Nos vamos a la cama?

–Estoy deseando hacerte mía otra vez, *latria mou* –musitó Nikolai sobre sus hinchados labios–. Me has dado un susto de muerte y necesito saber que sigues siendo mi mujer. Y tienes que ponerte los anillos.

–Me lo pensaré –bromeó ella, disfrutando de esa sensación de poder. Era maravilloso saberse tan amada, tan querida.

–Cuando me casé contigo solo deseaba hacerte feliz. Y luego hoy...

–Eso ha quedado atrás –lo interrumpió Prunella–. Y estás a punto de hacerme increíblemente feliz diciéndome otra vez que me quieres.

–¿De verdad tengo que repetirlo? –se quejó Nikolai.

–Sí, ese es tu castigo –susurró ella mientras la dejaba sobre la cama, mirándola con un brillo de amor en los ojos que podía sentir hasta en los huesos.

Sí, la amaba. Podía verlo, podía sentirlo y era tan maravilloso...

# Epílogo

TOBIAS Drakos, de cinco años, un manojo de nervios y energía que rara vez se estaba quieto, corría escaleras abajo delante de su madre. Max ya estaba en la puerta de la casa de campo, Tayford Hall, dispuesto a recibir a su jefe.

—Te dije que era el helicóptero, mamá. ¡Te dije que era papá!

Prunella estudió a su hijo, la viva imagen de su padre con su pelo y ojos oscuros, y dejó escapar un suspiro porque sabía que sería imposible meterlo en la cama. Eso hubiera sido aceptable cualquier otra noche, pero era Nochebuena y tenía millones de cosas que hacer. Aun así, Tobias no había visto a su padre en una semana y esa era excusa suficiente para trastocar su rutina habitual.

Rory y Butch ya estaban correteando por el jardín con Maxie, su retoño, una mezcla indiscriminada de genes perrunos, más grande y alta que sus diminutos padres. Y antes de que Prunella pudiese decir una palabra, su hijo salió corriendo al jardín en pijama.

Ella se quedó en el porche, aunque hubiera sido mucho más feliz corriendo para abrazar a Nikolai. Y allí estaba, su hombre, alto, moreno y guapísimo, dirigiéndose hacia ella con los emocionados perros tras él y su hijo hablando a toda velocidad.

Cuando Nikolai tomó a Tobias en brazos para besarlo, el corazón se le encogió de felicidad; le encan-

taba verlos así. Nikolai había tenido muchas inseguridades como padre, pero había superado sus expectativas
en ese papel, dándole a su hijo todo lo que sus padres le
habían negado a él. Era cariñoso, mostraba interés por
todo lo que hacía y lo apoyaba a cada paso.

Prunella se pasó una mano por el vestido rojo, echando
un último vistazo a sus botas de tacón, las favoritas de
su marido. Cuando Nikolai llegó a su lado, todo su
cuerpo se iluminó como un estallido de fuegos artificia-
les porque solo con verlo se sentía feliz y, además, tenía
una noticia que darle que la hacía aún más feliz.

Nikolai miró a Prunella en el porche, esperándolo, y
pensó que era el hombre más afortunado del mundo.
Tras ella, las luces del árbol de Navidad en el vestíbulo,
al lado de la chimenea encendida, ofrecían una imagen
tan hogareña que tuvo que sonreír. Había comprado la
casa cuando Prunella estaba embarazada porque sabía
que le gustaba la vida en el campo. Cuando terminó la
carrera encontró un trabajo cerca de allí y se había convertido en la veterinaria más popular de la zona. Aunque trabajaba demasiado y ya no podía viajar con él,
algo que no le gustaba nada.

Nikolai la tomó entre sus brazos en un gesto teatral,
los ojos de color caramelo derretido le brillaban de
alegría.

−¿Qué has hecho con mi esposa? −bromeó−. La última vez que te vi tenías el pelo alborotado y llevabas
una bata blanca y botas de goma. Ahora, sin embargo,
pareces una modelo.

−Y he tardado horas en arreglarme, así que dis-
frútalo mientras puedas −le aconsejó ella mientras disfrutaba de su aroma y de la fuerza de sus brazos. Un
incendio despertó en su interior; un incendio que no
podría ser apagado hasta mucho más tarde porque tenían la casa llena de invitados. Su abuela y su padre

iban a quedarse a pasar las Navidades, como Dido y Dorkas, las tías de Nikolai. Pero, además, en el salón esperaban un montón de parientes griegos a los que habían conocido durante sus frecuentes visitas a Creta y por los que sentían gran afecto.

–Yo te encuentro sexy con cualquier cosa. Desnuda, vestida, da igual, *latria mou* –le aseguró su marido en voz baja–. No tengo expectativas en ese aspecto. Te acepto como pueda tenerte.

Prunella le dio un beso en los labios que pretendía ser breve, pero que se alargó más de lo que ambos habían planeado.

–Eso no mola, papá –se quejó Tobias, poniendo cara de asco.

Él esbozó una sonrisa.

–Te aseguro que mola mucho. Ven, hablaremos mientras me cambio de ropa –Nikolai tomó su mano para tirar de ella hacia la escalera.

–Debería quedarme abajo, soy la anfitriona –protestó ella.

–Cuando juntas a tu abuela con mis tías tienes tres anfitrionas estupendas. Además, tengo algo que contarte –anunció él, abriendo la puerta del dormitorio–. Sobre Cyrus.

–¿Cyrus? –repitió ella sorprendida. No había vuelto a pensar en ese canalla, condenado a muchos años de cárcel por su papel en el incendio del hotel y la muerte del jefe de sala. Aparte de eso, había sido acusado de violar a una joven empleada y también había sido hallado culpable.

–Al parecer, está en el hospital. Ha sufrido un ataque por parte de otros presos y no esperan que sobreviva –le informó Nikolai–. Mariska ha llamado para contármelo.

–¿Y cómo te hace sentir eso? –le preguntó ella.

–Como si todo hubiese terminado por fin y pudiese dejarlo atrás –le confesó Nikolai–. Cuando aumentaron su sentencia por la violación sentí que mi hermana por fin había sido vengada y no había vuelto a pensar en él desde entonces.

–Así es como tiene que ser. Todo ha terminado –Prunella lo envolvió en sus brazos y apoyó la cabeza en su torso, adorando los latidos de su corazón y su calor en esa fría noche de invierno–. Tenemos cosas más positivas en qué pensar.

–Ah, ya lo entiendo. ¿Crees que solo te he traído aquí para llevarte a la cama? ¿Cómo puedes pensar eso? –bromeó Nikolai, intentando mostrarse ofendido.

–Porque le conozco, señor Drakos –respondió ella–. No, tengo otra noticia. Estoy embarazada y esta vez te lo cuento el día que me he enterado.

Nikolai la tomó en brazos para besarla con apasionada satisfacción. Habían esperado para ampliar la familia hasta que sus vidas estuvieran un poco más centradas, pero la concepción había tardado más de lo previsto.

–¡Es el mejor regalo de Navidad que he recibido nunca!

–No, eso fue en nuestras primeras Navidades, cuando me trajiste a esta casa y me dijiste que era nuestra –lo contradijo ella.

–Y tú te enfadaste porque había elegido la casa y los muebles sin contar contigo –le recordó Nikolai.

–Bueno, no lo hiciste mal –tuvo que admitir Prunella mientras le quitaba la chaqueta y empezaba a aflojar el nudo de la corbata–. Quítese la ropa, señor Drakos.

–Me encanta cuando te pones dominante –bromeó Nikolai, mirando a su diminuta esposa con los ojos llenos de amor–. Te quiero, *latria mou*.

–Yo también te quiero.

Y se besaron; un beso inicialmente tierno que se volvió más apasionado sin que pudiesen evitarlo. Las tres mujeres que esperaban abajo, unas anfitrionas estupendas, dejaron la cena en el horno hasta que los propietarios de la casa reaparecieron con un brillo de felicidad en los ojos.

# Bianca

## No se casaría con el jeque por obligación...

La oveja negra de la poderosa familia Fehr, el hijo mediano, Zayed, ha abjurado del amor y del matrimonio. Este príncipe es feliz recorriendo los casinos de Montecarlo. Pero una tragedia familiar le convierte en heredero del trono de su reino. La costumbre dicta que una esposa ha de estar sentada a su lado y él ya tiene pensada la novia... Rou Tornell es una mujer decidida e independiente y no se casará con Zayed por obligación, aunque quizá el deseo pueda ayudar a persuadirla...

HARLEQUIN Bianca

**BEST SELLER**

EL DEBER DE UN JEQUE

JANE PORTER

## EL DEBER DE UN JEQUE
### JANE PORTER

# Acepte 2 de nuestras mejores novelas de amor GRATIS

## ¡Y reciba un regalo sorpresa!

## Oferta especial de tiempo limitado

**Rellene el cupón y envíelo a**

**Harlequin Reader Service®**
3010 Walden Ave.
P.O. Box 1867
Buffalo, N.Y. 14240-1867

**¡Sí!** Por favor, envíenme 2 novelas de amor de Harlequin (1 Bianca® y 1 Deseo®) gratis, más el regalo sorpresa. Luego remítanme 4 novelas nuevas todos los meses, las cuales recibiré mucho antes de que aparezcan en librerías, y factúrenme al bajo precio de $3,24 cada una, más $0,25 por envío e impuesto de ventas, si corresponde*. Este es el precio total, y es un ahorro de casi el 20% sobre el precio de portada. !Una oferta excelente! Entiendo que el hecho de aceptar estos libros y el regalo no me obliga en forma alguna a la compra de libros adicionales. Y también que puedo devolver cualquier envío y cancelar en cualquier momento. Aún si decido no comprar ningún otro libro de Harlequin, los 2 libros gratis y el regalo sorpresa son míos para siempre.

416 LBN DU7N

| | |
|---|---|
| Nombre y apellido | (Por favor, letra de molde) |

| | |
|---|---|
| Dirección | Apartamento No. |

| | | |
|---|---|---|
| Ciudad | Estado | Zona postal |

Esta oferta se limita a un pedido por hogar y no está disponible para los subscriptores actuales de Deseo® y Bianca®.
*Los términos y precios quedan sujetos a cambios sin aviso previo.
Impuestos de ventas aplican en N.Y.

SPN-03 ©2003 Harlequin Enterprises Limited

# Deseo

## Un seductor enamorado
### Sarah M. Anderson

Él creía que no volvería a ver a Stella Caine jamás. Tras una noche salvaje, ella había salido de su vida después de desvelarle que su padre era el único hombre que podía amenazar el mayor proyecto empresarial de Bobby Bolton. Por eso, él la dejó marchar.

Hasta que Stella regresó embarazada. Esa era una situación que solo podía resolverse de una manera: mediante el matrimonio. Bobby quería hacer lo correcto. Además, la deseaba y nunca había dejado de pensar en ella.

*¿Podría convencerla de que aceptara sin pronunciar esas dos palabras?*

## ¡YA EN TU PUNTO DE VENTA!

# Bianca

**Sabía que no era en absoluto
el tipo de mujer despampanante que
le gustaría a un hombre como él…**

El ejecutivo Harry Breedon
era increíblemente rico y
guapo… y nunca había
mostrado el menor interés
fuera de lo profesional en
su eficiente secretaria, Gina Leighton. ¿Por qué iba
a hacerlo?, pensaba ella.
Era una chica corriente y
algo gordita.

Pero Harry sí se había fijado en ella… y en sus volup-
tuosas curvas. Tendría que
actuar rápidamente si no
quería que Gina aceptase la
oferta de trabajo en Londres
que había recibido. Estaba
decidido a convencerla de
que no se marchara… aun-
que para ello tuviese que
casarse con ella.

# PRIORIDAD: SEDUCCIÓN
## HELEN BROOKS